세계 명소

풍경의 노래

저자 문재학

경남 합천, 건국대
공무원 정년퇴임
한맥문학 시 등단, 동반문학 수필 등단

한국 서정문인협회 이사, 한국문인협회
회원

예술인(문학)=등록번호: 201701046297
한국사람N 합천지사장, 서울 오늘 신
문 합천지사장

공무원 정년퇴임을 한 후 평소에 꿈꾸어 오던 세계여행. 즉 이국(異國)의 정취를 맛보기 위해 가족과 함께, 때로는 지인들과 함께 열심히 다녔다.

그리고 흔적을 남기기 위해 여행기를 쓰고 정리하여 『은퇴자의 세계 일주』 시리즈 5권(1. 유럽 편, 2. 중국 일본 편, 3. 아메리카 아프리카 편, 4. 동남아시아 편, 5. 중앙아시아 편)을 출판하였다,

한편 눈으로 보는 중요한 장면들을 동영상(DVD로 저장 보관)으로 부지런히 담기도 했다. 가는 곳마다 찬란한 유적이나 탄성이 절로 나는 풍광 중 시(詩)로 골고루 담아 왔다. 15년 동안 줄기차게 다니다 해외 시 모음을 정리하니 한 권의 책이 되어 단행본으로 출간하게 되었다.

이미 다녀오신 분들에게는 다시 한 번 추억을 되새겨 보시고, 아직 못 가신 분들에게는 상상의 날개를 펼쳐 보시길 감히 바란다. 이 책을 접하시는 모든 분들의 가정에 행운과 행복이 가득하시고, 가족 한분 한분이 항상 건강하시기를 기원드립니다.

2025년 10월

세계 명소 풍경의 노래

펴 낸 날   2026년 2월 7일

지 은 이   문재학
펴 낸 이   이기성
기획편집   이서은, 최인용, 권희연
표지디자인   이서은
책임마케팅   이수영, 김정훈
펴 낸 곳   도서출판 생각나눔
출판등록   제 2018-000288호
주   소   경기도 고양시 덕양구 청초로 66, 덕은리버워크 B동 1708호, 1709호
전   화   02-325-5100
팩   스   02-325-5101
홈페이지   www.생각나눔.kr
이 메 일   bookmain@think-book.com

• 책값은 표지 뒷면에 표기되어 있습니다.
  ISBN 979-11-7048-975-7 (03810)

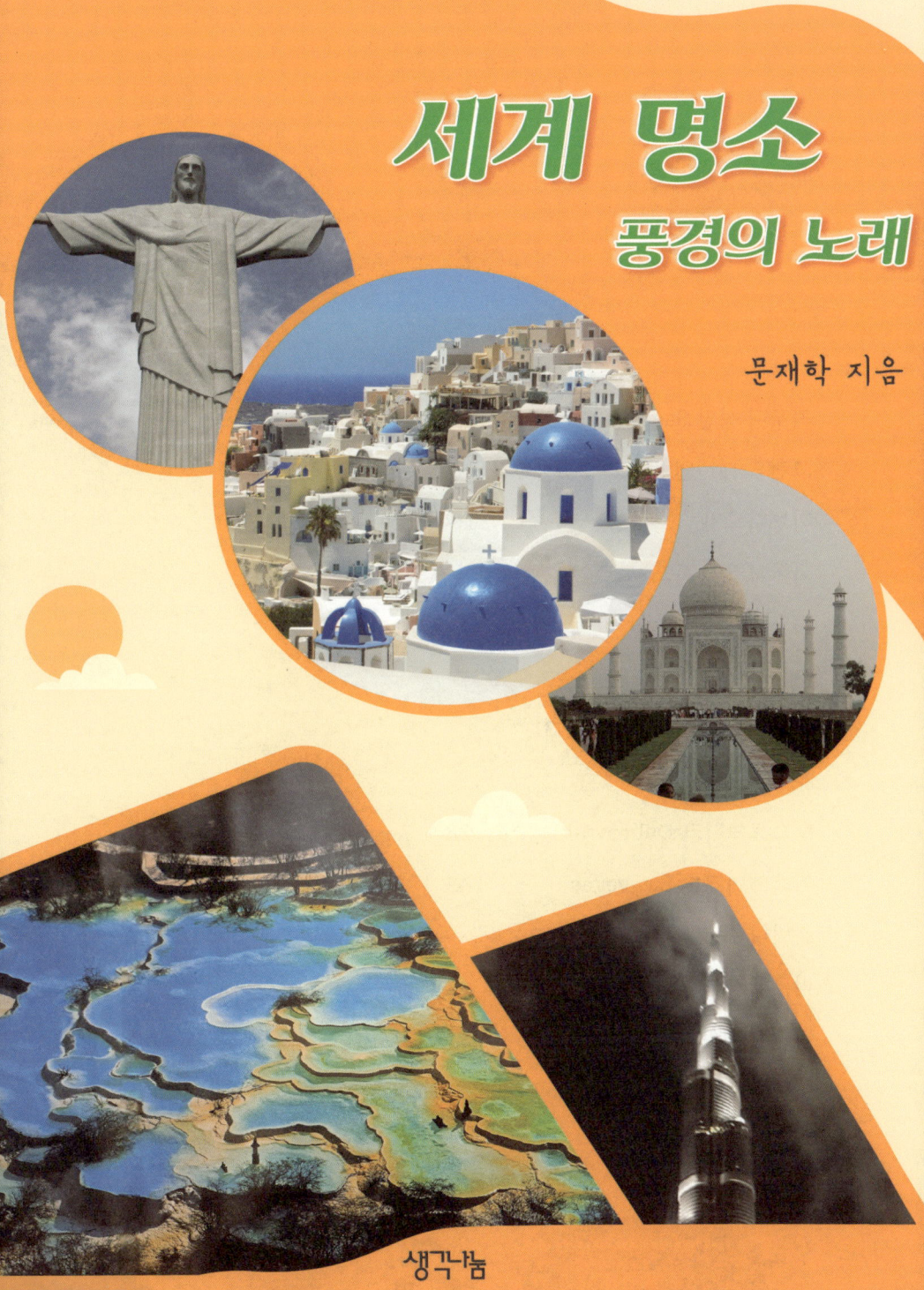

세계 명소
풍경의 노래

문재학 지음

생각나눔

차 례

가우디 성당 Sagrada Familia= 성가족 성당

기발하고도 장엄한
세계문화유산에 빛나는
스페인의 상징물
가우디 성가족 대성당

완공(完工)의 빛을 보지 못한
천재 건축가 안토니 가우디(Antoni Gaudi)의
거룩한 혼불이 서려 있고

일백삼십여 년에 걸쳐 건축하는
주 탑(塔)과 열두제자 첨탑(尖塔)의 위용이
바르셀로나 하늘을 찌르고 있었다.

섬세하고도 정교한 조각으로 장식된
외형(外形)의 아름다운 조형미가
시선을 사로잡는 전율(戰慄)로 흔들리고

거대한 야자수 형 기둥들이 늘어선
높디높은 천장에 길게 펼쳐진
성스러운 황금빛 숲과 꽃 형상들이 경이로웠다.

스테인드글라스(stained glass)를 통해 쏟아지는
현란(絢爛)한 빛의 신비로움도
밀려드는 관광객들 가슴을
황홀하게 물들이고 있었다.

♣ 우레비

가우디처럼 자연을 모티브로 하여 생활 속에 편안한 자연의 분위기를 연출하고 가우디 성당을 볼 수가 있고 좋은 글까지 주셔서 너무 고맙습니다.

❀ 문천/박태수

일백삼십 여년에도 아직 완성을 보지 못한 스페인의 가우디 성당….
아름다운 영상과 좋은 글 향에 쉬어갑니다.

🍎 돌마리

스페인 바르셀로나는 올림픽까지 했던 곳으로 가우디 건축 국부 원형의 아름다운 건물들로 전 세계 관광객의 입을 열게 하지요.
소산 시인님 수고하셨습니다. 좋은 곳 여행 축하드립니다.

🐝 꿀벌

가우디 상당 이미지만 보아도 웅장함을 느낍니다. 항상 좋은 시 올려주셔서 감사드립니다.
늘 건강과 행복이 함께 하시기를 기원합니다.

🐱 연산홍금자

지상의 걸작 신들의 대작이지요! 세계인들의 유산 아름다운 조형 예술의 경지 감탄사가 절로 나지요. 귀한 작품 감사합니다.

🐰 肴浩이재선

불가사의한 아름다운 명소와 아름다운 글 잘 보고 갑니다. 감사합니다.

🍁 미량 국인석

스페인 가우디 성당 위용이 대단합니다. 일백삼십 년에 걸려 지은 공기도 대단하구요.
즐감해 봅니다. 건승 건필하세요. 소산 선생님!

❀ 나만의 공간

집도 하나 지을지 모르는 저에게는 가우디 성당과 같은 것들을 보면…경탄을 먼저 느끼게 됩니다….
소산님 덕분에 여기저기 구경 많이 하네요. 감사합니다.

그랜드 캐니언
◇◇◇◇◇◇◇◇◇◇◇◇◇◇◇

황량(荒凉)한 사막. 모래
길
열 시간 달려 찾은
그랜드 캐니언

조물주의 위대한 조화
천 리 길 대협곡에 넋을 잃고

경비행기 날갯짓도
끝없는 공간에 숨이 차다.

설렘의 기대를 넘는
장엄한 자태

가슴을 떨리게 하는
알록알록 단층(斷層)의 아름다움
거대한 단애(斷崖)의 절경

꿈틀거리는 푸른 물줄기
콜로라도 강

끊임없이 담아내는 풍광
자연의 비경이
탄성의 발길을 모았다.

🍀 소당

85년도에 가본 그랜드 캐니언, 지금도 기억이 생생해요. 경차 타고 무서웠던 생각.
시상이 부럽습니다.

🐰 思岡안숙자

비경을 접하신 소감이 고스란히 표현되어 그 광경이 얼마나 감동을 주었는지를 짐작하게
합니다. 처음 뵙는 소산님의 건강하신 모습과 함께 그랜드 캐니언의 장엄함을 보면서 반갑
고 즐거운 시간이었습니다. 귀한 글 올려주셔서 감사합니다.

🌸 송백

사진 너무 멋져요. 글도 멋지고요!

🌸 덤덤

웅장함으로 세계 최고인 Grand Canyon 가고 싶다. 사진으로나마 잘 보고 갑니다.

🐻 연지♡

소산님의 미 서부 그랜드 캐니언을 보면서 함께 추억해봅니다.
경비행기가 어찌 기름 냄새가 너무 많이 나고 또 낡은 듯 타는 기분이 묘했습니다. 고소
공포증이 있는 전 힘들었던 기억은 있지만 자연이 만들어놓은 풍광에 입이 다물어지지가
않더군요. 여행기 잘 보고 갑니다. 고맙습니다.

🌸 청담 추연택

사진으로만 보든 그랜드 캐니언 직접 눈으로 본 그 감격 짐작이 갑니다.
근사한 모습 아주 멋있네요.

🌸 석옥숙 23회

끊임없이 담아내는 풍광. 자연의 비경! 그랜드 캐니언은 정말 가보고 싶은 곳입니다.

까보다로카

해풍(海風)도 설렘으로 멈추어서는
유럽의 땅끝 마을. 까보다로카
기암괴석(奇巖怪石)의 절벽에
석양(夕陽)의 빛
긴 그림자
눈부신 꽃 그림을 그린다.

쪽빛 바다에 수면(水面) 가득
황금빛으로 타오르는 불꽃
자연의 신비가
호기심 안고 찾아드는
동서양의 관광객들 가슴에
감동으로 물들였다.

혹자(或者)는
대서양(大西洋)의 시작점이라 하였든가

하얀 포말을 끝없이 일으키는
리스본의 바위
해안(海岸)의 끝자락에
바람에 흔들리는
미련은
추억의 빛으로 남았다.

🐰 초현/안희선

글이 참 곱습니다. 좋은 글 한 참 쉬었다 갑니다. 감사합니다. 즐거운 저녁 식사하시고요. 즐거운 저녁 되세요. 감사합니다.

🐾 里瑟理

정말 잘도 짓습니다. 너무도 곱습니다. 아름답습니다. 좋은 글 잘 보고 다녀갑니다. 좋은 밤 되세요. 감사합니다.

🐰 胥浩이재선

대단하십니다.
여행지를 돌면서 여행기와 시를 남기는 님이 부럽습니다. 멋진 시 잘 보았습니다.

🐱 연산홍금자

시인은 절경을 보면 절로 글이 나옵니다.
아름다운 경치를 보고 아름다운 글을 쓰니 얼마나 좋습니까. 건강하십시오.

🐸 그린빛 김영희

까보다로카 여행을 다녀오신 소산님. 발길 닿는 곳은 늘 마음을 그곳에 두고 오신 듯합니다. 좋은 글 감사합니다. 겨울 감기 조심하시고 건강하십시오.

🍀 소당/김태은

즐거운 여행 무사히 다녀와 반갑고 멋진 시어 감사해요.

🍑 은혜

자연의 멋진 광경 속에서 아름다움 앞에서 사람들은 탄복하고 아름다움을 느끼게 되지요. 고운 향시에 발길 멈추어 봅니다.

❀ 문천/박태수

유럽의 땅끝 까보다로카에 있는 듯 아름다운 글 향에 젖어 봅니다.
늘 건강하시고 향필하십시오.

🌀 샬롬!

가슴이 한없이 넓어지는 시어의 느낌! 멋진 시어를 담은 좋은 메일 작품 감사합니다.

나이아가라 폭포

신이 빚어낸
거대한 나이아가라
난파선(難破船)도 위태로운

푸른 급류(急流)가 일으키는
분당 일억오천만 톤.
물

지축(地軸)을 흔드는 굉음(轟音)
하늘 높이 치솟는 물보라
안개비로 흩어지며
시공(時空)을 가른다.

헬기로
뱃머리로
속살을 파고들지만
좀처럼 들어내지 않는 비경(秘境)

살아 숨 쉬는 자연
구백 미터 장엄(莊嚴)한 광경

경탄(驚歎)의 소리도
넋을 잃은 시선도
포말(泡沫)되어 부서져 내렸다.

.

🌼 이쁘니

저는 나이아가라 폭포를 보고 순간 유리 조각이 쏟아져 내리는 것 같았습니다. 보는 사람마다 느낌이 다르지만 거대한 우리 조각 쏟아지는 소리 같았습니다.

🐻 연지♡

와! 정말 나이아가라 폭포를 보시면서 이렇게 잘도 표현하셨습니다. 헬기로 제트보트로 큰 배로 80층에서 식사하면서 또 호텔에 들어와서 야경 보는 재미! 그야말로 환상 또 환상이었습니다. 저 같은 사람은 단 한 줄의 글로 표현 못함이 부끄럽습니다.
정말 이글에서 또다시 나이아가라의 풍경을 상기하면서 소산님의 글에 눈을 못 뗍니다. 사진도 정말 멋지게 잘 담으셨어요. 무지개가 연신 그려지는 곳이지요?

🍀 소당

시상이 부럽습니다. 나이아가라 폭포 구경을 못해서…. 시로 잘 보고 갑니다.

🐱 연산홍금자

웅장한 경치를 보고 안 반하는 사람이 없다는데 감동의 글을 보고도 반했습니다. 귀한 글 감사합니다.

🐰 胥浩이재선

나이아가라의 웅장한 감동을 고스란히 담아 오셨군요. 감사합니다.

🐰 思岡안숙자

자연이 만들어낸 거대한 절경을 대하면 조물주에 비해 인간의 힘이 얼마나 보잘것없는지를 느끼게 되더군요. 나이아가라의 웅장함 앞에 서면 더더욱 그렇지요. 감탄이, 글이, 그림이, 노래가 저절로 나오게 하니 인간이 추구하는 예술의 원천은 자연이기에, 이처럼 감탄의 느낌을 전달받게 되는군요.

🔍 센스

언제가 될진 모르겠으나 나이아가라 폭포 보러 꼭 가야겠습니다!

🌸 청담 추연택

나이아가라 폭포 꼭 한번 보고 싶군요. 좋은 경치 즐겁게 감상했습니다. 감사합니다.

나일 강 Nile River

이백오십만 년 세월에 녹아있는
죽음의 땅 사하라를 관통하며
장장 육천육백 킬로의
거대한 생명의 숨결 나일 강

굽이굽이 돌아가는 강줄기 따라
곳곳에 찬란한 고대문명의 꽃
수천 년 역사의 흔적들이
감탄의 빛을 뿌리고 있었다.

아파트 같은
대형 크루즈 수십 대가
장관을 이루는 선상 유람
낭만과 여유가 넘쳐나고

삭막한 사하라에
감미로운 생명수를 적시면서
삶의 불꽃을 지피는
위대한 생명의 젖줄

오늘도 유유히
그리고 아스라이 흘러가고 있었다.

※ 사하라는 아랍어로 '사막'이라는 뜻이다

😊　雲海이성미

선생님은 이제는 세계 여행 다 하신 것 같아요. 멋진 글이 여행을 통해서 술술. 멋지세요. 그리고 건강 잘 챙기셔서 더 좋은 곳 소개해 주십시오.

🐰　思岡안숙자

멀리 아파트처럼 서 있는 빌딩이 크루즈 유람선이군요. 곳곳마다 글을 써서 남기셔서 많이 놀랐습니다. 정말 부지런하신 성품이시군요. 여러 가지 많이 놀라고 배우고 있습니다. 항상 건강하셔서 오래 함께하게 되길 바랍니다. 아름다운 글 감사합니다.

😊 **가을하늘**

나일 강 가보고 싶었던 곳인데 좋은 글로 위안을 주네요. 감사합니다.

😊 **모닥불**

문화의 발상지로 꼽힐만한 물줄기가 긴 강이군요.
넘실거리는 강물만큼이나 유서 깊은 역사가 흐르는 곳 즐겁게 감상합니다.

😊 **정원**

좋은 글 잘 보았습니다. 나일 강인가요! 무척 맑습니다. 시인님 건필 하세요!

✿ **문천/박태수**

사하라를 관통하며 흐르는 감미로운 생명의 젖줄 나일 강….
아름다운 영상과 글 향에 쉬어갑니다

😊 **雲岩/韓秉珍**

소산 선생님 휴일 오전 시간 나일 강 사진과 좋은 글 잘 감상했습니다.
오늘도 일교차에 건강 조심하시고 행복한 하루 되십시오.

🦋 **안개꽃**

나일 강 시 작품 감사합니다. 건강하시고 편안하신 밤 되세요.

다뉴브 강

도나우 강이 드리운
다뉴브 강

깊은 역사의 향기
은물결 위에 싣고
유유히 흘러가네
부다페스트 심장부를

꿈과 희망의 열기는
강폭을 주름잡아
피어오르고

낭만을 실은 유람선에
흘러드는 감미로운 선율(旋律)
일렁이는 가슴을
감흥으로 물들였다.

아름다운 풍광에
헤어나지 못하는
미련과 아쉬움

한 자락
그리움의 빛으로 남았다.

🌸 **산나리**

저도 오래전에 다뉴브 강에서 유람선을 타고 스트라우스의 「아름답고 푸른 다뉴브강」을 들으며 강가를 도는데 선상에서 저녁 먹다 흐르는 왈쓰에 춤을 추고 싶었지만, 꾹 참았답니다. 그곳에서 들려오는 왈쓰는 평생 잊지 못할 순간이었습니다. 지금도 다뉴브 강이 눈에 선합니다.

🍀 **소당/김태은**

놀랍습니다. 가시는 곳마다 보면 보는 대로 시상이 멋지게 떠오르시니….
샘 솟아오르듯… 참으로 부럽습니다. 요즘 소당은 시상이 떠오르지 않으니….

🐰 **思岡안숙자**

다뉴브 강은 강이 지나는 지역에 따라서 강의 명칭이 달라진다고 하더군요.
그리 넓고 깊지는 않으나 「아름답고 푸른 도나우」라는 유명한 왈츠곡이 탄생한 곳이기에 기억에 익숙한 다뉴브 「도나우」 강입니다.
다뉴브 강을 떠올리며 아름다운 글 즐겁게 감상하였습니다.

👩 **천리향/귀련**

유명한 다뉴브 강을 보시고 마음의 여운을 담으셨군요. 언제나 고운 날들 바랍니다.

👩 **可林김형곤**

유럽의 여러 나라를 거쳐 흐르는 수많은 문학과 음악을 낳은 다뉴브 강을 그려봅니다.
멋진 주말 보내십시오.

😊 **가은♡金注喜**

다뉴브 강 그리움이 물씬 풍기는 시어에 머물다 갑니다. 시인님 건안 건필하십시오.

😊 **김인선**

다뉴브 강. 그곳에 와 있는 듯 아름다운 시심을 봅니다. 고맙습니다.

🌸 **설화**

아름다운 곳에 다녀오신 소산님 또한 멋진 시로써 감동을 주시네요. 잘 보고 갑니다.

도쿄 디즈니랜드

도쿄 만(灣)을 끼고
광활하게 터 잡은
도쿄의 디즈니랜드

순환(循環)하는 모노레일에 내리면
환상의 정글이다.

미로(迷路) 속을 헤매다
동굴 속 보트 수직낙하
스릴 넘치는 비명 소리

스고이(굉장하다) 연발의
밤하늘 불꽃놀이

어둠이 내려앉으면
굽이굽이 도는
화려하고
현란(絢爛)한 가장행렬(假裝行列)

끝없이
밤하늘을 밝힌다.

성인들도 헤어나지 못하는 감동
꿈의 나라. 동화의 나라
도쿄의 디즈니랜드

🌸 **예솔원산지 순천**

꿈의 나라에서 멋진 밤하늘을 보았나 봅니다. 고운 글 감사드립니다!

🌸 **예솔**

도쿄의 디즈니랜드. 감동스런 정경이 그려지는 고운 시향에 쉬어갑니다.
늘 행복한 여정이시길요!

😊 **담계**

도쿄의 디즈니랜드를 다녀오셨나 봅니다. 다녀오신 분들이 꼭 추천을 하곤 하던데. 언젠가는 다녀오고 싶은 마음 생겨납니다. 감사합니다.

🐰 **胥浩이재선**

동심이 되어 즐거웠던 추억을 쓴 글 재미있게 감상했습니다.

😊 **麗園려원**

환상의 나래를 펼친 시심이 작렬합니다.

😊 **白雲/손경훈**

도쿄의 디즈니랜드가 그처럼 스릴과 감동을 주었나 봅니다.
고운 하루 되세요.

👧 **천리향/귀련**

디즈니랜드에 다녀오셨군요.
어른도 동화 속 주인공이 될 것 같은 분위기입니다. 고맙습니다.

😊 **청암류기환**

아들 내외가 다녀와서 사진으로 많이 보았답니다.
한 번쯤 가보고 싶은 곳이더군요. 이곳은 이번에 지진피해가 없었는지요?

🌸 **설화**

너무도 잘 꾸며진 디즈니랜드 보면 볼수록 감탄사가 절로 나는 동화 속의 나라, 아름다운 곳이지요. 잘 보고 갑니다.

두바이

황량한 모래바람이 이는 사막에
뜨거운 열기를 삭이는 미려한 초고층 빌딩들
문명의 오아시스가 넘실거렸다.

황금빛 젖줄이 흐르는
불야성을 이루는 거리마다
풍요로운 삶을 누리는
기적의 나라 두바이

랜드마크로 활활 타고 있는
세계 최고층 버즈칼라파
백육십삼 층. 팔백이십삼 미터 첨탑으로
한국인의 자긍심이 하늘을 찌르고 있었다.

상상을 초월하는 인공 섬. 팜 아일랜드
세계 최대의 두바이 쇼핑몰
흥분의 도가니에서 벗어나지 못하는
인간 욕망의 승리 낙원의 땅에

지금도 뜨거운 열사(熱砂)의 공기
거리마다 빌딩마다
아지랑이 꽃을 피우고 있었다.

♦ 두바이 왕궁 광장에서 버즈칼라파를 배경으로

 詩人의香

아! 두바이가 이런 곳이군요 . 좋은 글 감사합니다.

翠松 박 규 해

두바이를 배경으로 그리신 고운 시 잘 감상하고 갑니다. 구경 잘 하였습니다.

雲岩/韓秉珍

소산 선생님 오후 시간에 두바이 풍경과 고운 시심 잘 감상했습니다.
오후에도 건강 조심하시고 행복한 시간 보내시기 바랍니다.

예수님의 보배

두바이가 선생님의 글 속에선 더없이 기적으로 꽃이 활짝 피고 있네요. 샬롬!

崔 喇叭

사막의 땅 두바이에 우리나라 기술로 세계 최고층 빌딩을 건축했다는 것이 정말 자랑스럽습니다. 두바이 잘 보았습니다. 감사합니다.

胥浩 이재선

사막 위에 높이 서 있는 백육십삼 층의 아름다운 빌딩을 보고 놀랐습니다.
정말 기적의 나라 두바입니다. 아름다운 경치가 그대로 전해지는 글, 잘 보고 갑니다.

소당/김태은

여행가 / 소산 수필가 시인님께서는 참으로 멋진 생활을 하고 계십니다.
늘 건강 챙기시고 백수가 되셔도 건강하세요. 순간순간 행복한 삶을 사세요.

꿀벌

두바이에도 초고층 빌딩이 멋있습니다. 좋은 명시 글 읽고 갑니다. 감사합니다.
오늘도 행복한 하루 되세요.

눈보라

문학 시인님! 두바이를 다녀오셨군요. 엮으신 시를 보니깐 두바이가 참 아름다운 도시입니다.

두브로브니크 Dubrovnik

크로아티아 아드리아 해안의 진주(眞珠)
철옹성(鐵甕城) 성곽(城廓)도시
시선을 압도하는 거대한 성채는
바다 위에 떠 있는 요새(要塞)였다.

위압감을 느끼며 성내(城內)로 들어서면
중세기 세계 문화유산들이
발길마다 역사의 향기를 뿌리고
북적이는 관광객들의 열기도 뜨거웠다.

쪽빛 바다를 거느리고 성벽 위를 걷노라면
그림 같은 풍광에 실려 오는 감미로운 해풍이
여독(旅毒)에 지친 심신을 씻어 내리고.

유람선으로 누드 비치섬을 돌 때는
야릇한 호기심의 환호성이 뱃전을 울리기도 했다.

급경사. 꼬불꼬불 절벽 길.
곡예 운전으로 전망대에 올라 손에 잡힐 듯
아름답게 펼쳐지는 이국(異國)의 정취를
눈과 마음으로 담고 또 담았다.

꽃미

두브로브니크를 방문한다면 한번 두브로브니크가 한눈에 내려다보이는 스르지산 정상에 꼭
한 번 올라가 보고 싶어요. 좋은 곳 탐방하면서 삶의 향기 나는 글 주셨네요. ~

은빛

마치 제가 저기 서 있는 듯 예쁜 글 감사히 다녀갑니다.

홍두라

두브로브니크 상상만 해도 기분이 좋습니다.
멀리 여행하셔서 천하를 얻을 것 같은 기분. 글 잘 읽었습니다. ~

翠松 박규해

사진의 배경과 글과 잘 조화롭게 어우러진 시향에 머물러 갑니다.

✿ 소당/김태은

이국의 정취가 한눈에 보이네요. 사진도 멋스럽고 시어도 멋집니다.

✿ 思岡안숙자

어머나! 그림처럼 아름다워요.
이렇게 아름다운 곳을 실제로 보면 얼마나 더 아름다울까요?
정말 저절로 시가 쏟아져 나오셨을 것 같습니다.
그 아름다움을 담아 오셔서 함께 느껴보는 시간이 즐거웠습니다.

✿ 꿀벌

두브로브니크에 여행 가셔서 아름다움을 담아 오셔서 시 글로 표현해 주셔서 너무 감사
합니다. 너무 행복하게 보이십니다. 남은 여생도 늘 지금처럼 건강하시고 행복하세요.

✿ 눈보라

바다 위에 촘촘히 집이 붙어 있네요. 마당이 없는 것이 특징입니다.
세계를 누비며 아름다운 시로 그 풍경을 설명해주신 문재학 시인님 참 멋지신 분입니다.

라스베이거스 Las vegas

모하비 사막 불모지(不毛地)에
환락(歡樂)의 도시
라스베이거스

현란(絢爛)한 네온 불이
넘실대는 거리
빛의 늪 속으로
한없이 빠져드는 군상(群像)들

건물마다
카지노. 카지노.
욕망의 숨소리가 자욱하다.

먼동이 창틈으로 스며들면
텅 빈 가슴 안고
돌아설 줄 알면서도
환상을 좇는 수많은 사람

끊임없이
열사(熱砂)의 땅
라스베이거스를 달군다

🍀 소당

라스베이거스 쇼를 보면 더 이상 다른 쇼는 봐도 싱겁지요?
여자들이 얼마나 큰지 소산님 눈에…. 시와 함께 동영상 잘 보았어요. 신나게 여행 잘
하셨어요. 여행방에 사진을 올려주세요. 수고하셨습니다.

👦 의제

1972년도에 라스베이거스 다녀왔는데 쇼는 보았지만 골드는 이제야 사진으로 봅니다. 좋
은 여행 하셨습니다.

🐰 胥浩이재선

쭉쭉 빵빵한 라스베이거스 미녀들을 모시고 오셨군요. 덕분에 눈이 호강합니다.
멋진 시 잘 보았습니다.

🐱 연산홍금자

건강한 모습이 좋아 보입니다. 건강하실 때 여행 많이 하세요. 여행도 때가 있습니다.
가는데 마다 아름다운 시가 나오니 그것이 보물입니다.

🐰 思岡안숙자

한국의 홍일점이신 소산님 모습이 더 멋있습니다. 라스베가스의 원래의 열기에 집 나온 해
방감과 현란함으로 도취 된 여행객들의 흥취가 오죽했겠습니까?
그 느낌이 고스란히 전해집니다.

😊 이쁘니

소산님 낮에 보는 라스베이거스는 너무 허무해요. 사진 고맙습니다.
머신 한번 누르고 돈 좀 벌어 왔습니다.

룸비니 Lumbini

성인(聖人) 석가모니 탄생지.
네팔의 룸비니
세계문화유산에 빛나는
불교 제일의 성지(聖地)

꽃으로 단장한 긴 탐방 길은
뜨거운 태양에 달구어져
맨발의 고통. 시련을 주고 있었다.

기원전 육백이십삼 년
석가 탄생의 숨결이 살아 숨 쉬는
마야데비 사원에는
탄생의 흔적. 은은한 옥색 돌이
신비로움으로 빛나고 있었다.

성스러운 설화(說話)가 녹아있는
구룡연 못에는
수많은 순례객의 번뇌(煩惱)를 씻어주는
신령(神靈)스러운 보리수 그림자가 일렁이고

탄생(誕生)의 기록을 알리는
분홍빛 아카소 대형 둥근 석주(石柱)가
긴 역사의 향기를 말없이 뿌리고 있었다.

🍐 **은빛**

우리가 가보지 못한 곳을 글로서 멋지게 옮겨주셨네요. 감사합니다.

🐰 **思岡안숙자**

불교 제일의 성지인 룸비니, 석가모니 탄생지여서인지 보리수나무가 수백 년 지난 지금도 신비하고 성스럽게 보이는군요. 아름다운 글 감상하고 갑니다. 새해에는 뜻하시는 일 모두 이루시고 행복하시길 바랍니다.

🐱 연산홍금자

지상 낙원 불교 성지지요.
아름다운 룸비니 동산. 어릴 때 읽었던 동화책 생각이 납니다. 좋은 글 감사합니다,

🐰 朜浩이재선

보리수나무 영상은 흡사 우리나라 시골에 있는 당나무처럼 알록달록 천 조각이 잔뜩 달려
있군요. 석가 탄생지라는 신비감을 느끼면서 좋은 글 잘 보고 갑니다.

😊 雲海 이성미

저도 가보고 싶은 곳이기도 합니다. 선생님은 여행 작가로서 멋진 글 담아봅니다.
오늘도 코로나 조심하시구요. 늘 건필 하십시오.

🐝 꿀벌

불교 제일의 성지 네팔 룸비니 석가모니 탄생한 곳에 대하여 상세하게 글로 표현해 주셔
서 감사합니다. 올 한해 동안 좋은 시와 글 많이 올려주셔서 깊은 감사를 드립니다.
남은 12월 마무리 잘하시고 행복한 연말 되세요.

♣ 나만의 공간

네팔 불교의 성지 이천 년 이상, 인류에게 많은 영향을 미친 불교 성지.
우리 모두 나 자신을 성찰하는 계기가 되었으면 합니다…. 감사합니다.

리우데자네이루

머나먼 이역만리(異域萬里)
가슴 설레는 동경(憧憬)의 도시 리오

조물주가 빚어놓은 경이(驚異)로운 풍광
빵산(빵데 아슈카르)의 케이블카를 타고 흐르는
탄성의 소리도 황홀경에 녹았다.

리오의 전경(全景)을 굽어보는
코르코바도 정상의 거대(巨大)한 예수상
성령(聖靈)을 게시하는 빛을 뿌리고

젊은 낭만이 푸른 파도에 넘실대는
은빛의 기나긴 해수욕장 유혹에
세계인의 발길도 넘실댔다.

운무(雲霧)에 서린 돌출된 신비의 바위산들
그림 같은 자연 호수공원(로드리고)에 드리우는
천혜(天惠)의 자연 풍광들

하나같이 그리운 추억의 향기로 피어오르는
짜릿한 꿈같은 미항(美港).
삼바 춤으로 불타는 정열의 땅

환상(幻想)의 도시
Rio de Janeiro여

😊 **그린빛 김영희**

환상의 도시에서 소산님 멋진 시 하나 또 탄생됩니다. 참 보기 좋습니다. 늘 건강하세요.

🐰 **思岡안숙자**

리오데자네이로는 저는 생소하게 들리네요. 자연 호수공원이 있는 천혜의 풍경이라고 하시니 가보고 싶어집니다. 관광을 하면서 즉석에서 글을 쓰는 것이 결코 쉽지 않던데 참으로 대단하십니다. 아름다운 글 감사합니다.

🐛 **민채**

예수님의 상이 얼마나 거대한지 서 계시는 소산님을 보니까 짐작이 갑니다.
글을 보면서 환상의 도시를 상상해봅니다.

😊 **雲海 이성미**

선생님 멋진 글로 여행을 상상해봅니다. 고맙습니다.

🌹 **운지 안준희**

시인님 뵙지 못하는 사이 여행 다녀오셨군요. 환상의 도시, 환상의 문향에 취합니다.

😊 **매일기쁨**

알뜰한 글과 함께 영상 보니 내가 그곳에 있는 듯합니다. 감사합니다.

😊 **김부장**

덕분에 한 번 가고 싶은 곳, 리우데자네이로의 멋진 그림과 좋은 시를 감상하게 되었습니다. 감사합니다.

😊 **문천/박태수**

삼바 춤으로 불타는 정열의 땅, 리우데자네이로. 아름다운 영상과 글 향에 쉬어갑니다

😊 **은빛**

꿈에라도 한번 가보고 싶은 곳을 이렇게 사진과 글로 대신합니다.

마릴린 먼로 Marilyn Monroe

세계적인 스타
금발의 미녀 배우 마릴린 먼로

타고난 관능미(官能美)와
고혹적(蠱惑的)인 교태(嬌態)로
세계의 남성들 가슴을
얼마나 흔들었던가.

LA 스타의 거리에
눈부신 마네킹으로 남아
지금도 관광객 시선을
달구고 있었다.

석연찮은 짧은 생애
영욕(榮辱)의 부침(浮沈)을
꿈결처럼 남기고 떠나간
삶이 애달프기만 했다.

한 시대를 풍미(風靡)했던 아름다움도
인생무상의 그림자 되어
세월 속에 녹아 흐르고 있었다.

🐱 연산홍금자

금발의 미녀 마릴린 먼로 아름답지요. 세계인들의 스타. 한 시대를 풍미한 미녀 배우.
마릴린 먼로 마네킹도 눈부시게 아름답습니다. 좋은 작품 감사합니다.

🐝 꿀벌

아름다운 마릴린 먼로 옆에 시인님께서 함께하시니 보기 좋습니다.
멋진 시글 읽고 갑니다. 감사합니다. 늘 오늘처럼 건강하시고 행복하세요!

🍀 민채

살아 있는 사람처럼 아름답습니다. 마네킹을 똑같이 만들었네요. 제가 봐도 반할 것 같
은데 만인의 연인이었던 그 미모가 아깝습니다. 인생은 짧아도 예술은 길다더니 아직도 마
릴린 먼로가 출연하는 영화는 저도 마릴린 먼로를 보려고 봅니다. 아름다운 글 감사
합니다.

🐰 思岡안숙자

바람에 치맛자락 날리는 빨간 입술의 금발 미녀를 아직도 많은 사람들이 기억하고 있
을 만큼 마릴린 먼로는 세기의 명배우였지요. 지금 영상에 있는 먼로 마네킹도 실물과 거
의 똑같고 아름답군요. 비록 마네킹이지만 함께 기념 촬영하시는 순간이 기분 좋았을
것 같네요. 아름다운 글 즐겁게 감상하고 갑니다. 건강하시길 바랍니다.

🐱 연지

인생은 짧고 예술은 길다, 라는 말 실감 납니다. 아름다운 모습은 볼 수 없으나 마릴린
먼로(Marilyn Monroe) 마네킹은 살아 있잖습니까…. 멋진 시 감사합니다,

🐻 지슬 美

마릴린 먼로 세계적인 미녀도 늙으면 다 그만입니다. 한 시대의 아름다움 세월한테는 이
겨낼 수는 없지요. 고운 글 감상합니다.

😊 雲海 이성미

대체로 보면 아름답고 잘생긴 여자들이 불행하고 명이 짧은 예가 많은 것 같습니다. 선
생님 어수선한 나라에 코로나까지 건강 잘 챙기시길 바랍니다.

마추픽추 그림자

안데스산맥의 첩첩산중 험산(險山)
해발 이천사백 미터 고공(高空)에
인류 문명의 찬란한 빛
잉카 유적(遺跡)

최악의 환경에 순응한
정교(精巧)한 삶의 흔적 찾아
끝없이 밀려드는 관광객의 발길
회색빛 유적(遺跡) 속으로 꽃구름을 이루네.

소수의 정복자에게
유린(蹂躪)당한
바람처럼 사라진 영혼이여

수백 년 전 고귀한 삶의 자취 따라
펼쳐지는 상상의 나래 위로
무심(無心)한 흰 구름만 쉬어 넘는구나.

기적 같은 경이로운 문명의 자취
불멸의
꿈같은 흔적으로 남아

세계인의 가슴을 감탄으로 물들이는
마추픽추 그림자

🌹 白雲/손경훈
잉카유적을 볼 때마다 경이롭습니다. 고운 시심 고맙습니다.

😊 햇살 아래
귀한 사진과 함께 참으로 멋진 글이네요. 소산님 건강하시고 행복한 휴일 보내세요.

🍀 소당/김태은
건강은 타고나신 것 같아요. 한국에 오자마자 쉬지도 않고 시를 쓰시고 사진도 올리시고… 무사히 다녀오심을 축하드려요.

🐰 胥浩이재선
풍경이 근사합니다. 글 쓰시는 분이라 멋진 시에 담아 오셨군요. 잘 보고 갑니다.

🐰 思岡안숙자
높은 산꼭대기에 어떻게 이런 도시를 세웠을까요? 신비롭고 신기한 마추픽추의 진풍경이 담긴 아름다운 글을 감상하는 즐거운 시간이었습니다.

😊 눈보라
마추픽추 경치를 아주 절묘하게 잘 표현하셨어요.
여행을 즐기는 문재학님 참 행복하게 보입니다. 세계 여행 즐기시는 모습 부러워요.

😊 장미정
불가사의. 멋진 곳을 다녀오셨네요. 시와 풍경에 머물다 갑니다.

😊 靑野/김영복
소산 선생님 '마추픽추 그림자'라는 가슴을 적시는 곱게 내리신 깊은 시향 속에 머무르며 마음 한 자락을 내려놓습니다.
쌀쌀한 날씨에 늘 건강 유의하시길 바라며 평안한 밤 보내시길 바랍니다.

마카오 단상 斷想

삶의 풍요를 누리는
동남아의 진주(珍珠)

십육 세기
포르투갈의 잔영(殘影)이
번영의 불길로 타올라

세계인의
호기심의 발길
거리마다 넘쳐난다.

강렬한 유혹의
도박장마다
광란(狂亂)의 춤을 추는 네온사인

환락(歡樂)을 쫓아
모여드는 부나비들

현란한 불빛 아래
끝없는 욕망의 노예가 되어

미련(未練)의 수렁에서
헤어나지 못하네.

🍀 소당/김태은

매일 매일 샘솟듯 시상이 떠오르니, 참으로 특별한 시인이십니다.
마카오 여행하시고 시로 올려주시니 문학 소년으로 일찍이 등단하시고 활동을 하셨으면 더
더욱 명성을 떨쳤을 것입니다.
아깝다 생각이 들지만 지금도 늦지 않으셨으니 매진하세요. 소산 시인님!

🐱 연지

매일 매일 시상이 잘 떠오르는 것은 타고난 시인이세요.
소산 시인 수필가님! 존경해요!

🐰 思岡안숙자

마카오의 본성을 말해주는 듯 화려한 네온사인이 시선을 사로잡는군요.
여행지마다 어떻게 시상이 떠오르실까 신기했습니다.
시로 느끼는 풍경을 음미해봅니다.

🌸 문천/박태수

현란한 불빛 아래 끝없는 욕망의 노예가 되어 강렬한 유혹의 도시 마카오를 잘 감상하고 갑
니다. 늘 건안하시며 향필하십시오. 좋은 글 감사합니다.

😊 눈보라

문재학님 마카오 다녀오시니, 멋진 시어 작을 꾸며주셨어요.
글 속에 여행 진주를 발견합니다….

🐢 그린빛 김영희

마카오… 카지노…. 영화의 한 장면들을 떠올리게 합니다.
소산 문재학님 늘 좋은 글 감사합니다. 건강하시고 행복한 봄날 되세요.

🐰 미연

오랜만이네요. 고운 시에 쉬었다 갑니다. 늘 건안 건필하세요.

메 떼오라 METEORA

하늘을 찌를 듯 솟아 있는
기기묘묘한 바위들의 신비로운 조화
사람의 손길로 이룬 기적의 사원들이
경이롭기만 한 공중 수도원

요요한 달밤이면 천지의 고요가 내려앉고
현기증을 일으키는 아슬아슬한 자태가
무정세월에 꽃을 피워왔네.

신앙의 중심 대사원에는
예수의 일대기와 더불어
핍박의 고통이
벽면 가득 눈물로 얼룩져 있었다.

아름다운 바위산
역광으로 쏟아지는 햇살조차
성스럽기 그지없는 메 떼오라

바위 첨봉에 고립된
처절한 삶을 위로하듯
선홍빛을 뿌리며
암벽을 기어오르는 담쟁이는
가을 향기에 불타고 있었다.

🌹 翠松 박 규 해

기묘한 바위들의 틈에 종교가 있어 더 신비롭기 짝이 없겠습니다.
의미 깊은 시심에 머물러 갑니다.

😊 협원

아름다움 넘어 경이롭기만 한 풍광을 품어내는 바위 위 그린 듯한 산사.
고운 글 어우러져 신묘함을 더 합니다.

🐙 미량 국인석

와! 메 떼오라의 위용이 대단합니다. 멋진 영상과 함께 좋은 글 즐겁게 감상해봅니다. 날
씨가 차갑습니다. 건강하세요! 소산 선생님!

🌸 문천/박태수

공중 수도원 메 떼오라. 드디어 그곳에 갔다 오셨군요….
아름다운 영상과 글, 감명 깊게 보고 갑니다.

🐱 연지

와! 멋진 곳 다녀오셨군요. 즉흥적으로 시도 잘 쓰시고…. 정말 존경스럽습니다.

🐻 희산 문정

우와 정말 아슬아슬한 저곳에 어떻게 집을 지었을까요. 그 시절 신앙이 눈에 아른거
립니다. 핍박의 고통이 눈물로 얼룩져 있는 곳을 여행하셨네요. 지금 코로나 시대에 저의
기도가 부족하지 않았나 뒤돌아보게 됩니다. 사진과 좋은 시 감사드립니다.

🐱 연산 홍금자

보기만 해도 어질어질합니다.
그 바위 꼭대기까지 어떻게 다니는지 신기합니다. 고운 시향에 머물고 갑니다.

🐵 所向 정윤희

메 떼오라. 지명이 어디인지 참 궁금합니다. 선생님 멋진 곳을 여행 다녀오시고 부럽습니다. 건
강하게 지내시는 모습에 박수를 보내드립니다.

메콩 강 Mekong River

동남아의 젖줄 메콩 강
중국 내륙 깊숙이 발원지에서 오천리
동남아 반도를 가르며 굽이굽이 오천리

때로는 도도(滔滔)히
때로는 유유(悠悠)히

흥망성쇠. 풍운의 그림자
삶의 애환(哀歡)을
얼마나 실어 날랐으랴

상하(常夏)의 나라
울창한 밀림지대를
누비면서

꿈틀거리는 생명
기나긴 일만 리(里)를 흘러 흘러

새로운 희망
삶의 끈을 풀어내며

끊임없이 대륙을 적신다.
억겁(億劫)의 세월을

☺ 雲岩/韓秉珍

소산 선생님. 메콩 강 동영상과 좋은 시심을 잘 감상했습니다.
오늘 밤도 건강 유의하시고 행복한 밤 보내시기 바랍니다.

🍀 소당/김태은

방방곡곡 안 가신 곳이 없고… 어찌 그리 시상이 잘 떠오르는지 부러워요.

🐰 惠潤

메콩 강은 계속 세계인을 놀라게 할 것 같습니다.
여행 가서 보고 느낀 감정 그대로 좋은 글을 읊어 주셨습니다.

👩 서율 박신영

흥망성쇠 젖줄 잡고 역사를 그린 메콩 강 멋진 시어 속에 문맥 속에 그대로 살아 움직입니
다. 많은 것을 읽게 되었습니다. 고운 월요일 되세요.

🌱 민채

강변 노천에 저렇게 큰 불상이 있는 것이 이색적입니다.
많은 역사를 엮어서 흐르는 강물과도 같은 시가 아름답습니다.

🌸 자스민/ 서 명옥

메콩 강의 설명과 억 겹의 세월을 딛고 유유히 흐르는 강물 위에 새로운 희망이 보입니다.

☼ 썬파워

메콩 강이란 고운 시, 즐겁게 감상해봅니다. 감사합니다. 소산 시인님!

🍀 문천/박태수

동남아의 젖줄 메콩 강. 꿈틀거리는 생명의 시향에 쉬어갑니다.

모나코

바람도 구름도 쉬어가는
바위산 절벽 아래 해안가
험난한 지형에 번영의 꽃을 피웠다.

미려한 빌딩 숲 사이로
짙푸른 지중해의 은빛 물결이
낭만을 실어 나르고

만(灣) 깊숙이 아늑한 곳에
수많은 호화요트와 여객선이
수려한 경관 속에
이국적인 정취로 물들어 있었다.

그레이스 켈리의 까마득한 사연도
풍광으로 어리어 흔들리는
아름다운 도박의 작은 나라 모나코

돌아보고 되돌아보는 곳에
삶의 풍요를 구가(謳歌)하는
그림 같은 풍광의 유혹(誘惑)
꿈결같이 다가온다.

※ 그레이스 켈리 Grace Kelly는 1956년 모나코 왕자와 결혼하여 두고두고 회자되는 당시
마릴린 먼로와 쌍벽을 이루는 세계적인 여배우다.

✿ 문천/박태수

소산 시인님 세계 일주를 하셨군요. 이국적인 풍취의 모나코. 좋은 글에 쉬어갑니다.

🌱 민채

여행을 정말 많이 하셨네요. 멀리 보이는 돌산 아래 도시가 깨끗하게 아름답습니다.
시 속에서 모나코의 풍경을 상상해봅니다.

🌹 운지

아름다운 여생을 보내시는 시인님 참 부럽습니다. 그 여행기 귀한 문향에 마음 한 자락 내
려두고 갑니다. 늘 건강하신 가운데 성필 만필하세요.

🌸 송백

"바람도 구름도 쉬어가는 바위산 절벽 아래 해안가 험난한 지형에 번영의 꽃을 피웠다."
와! 멋진 표현 음미해봅니다. 읽을수록 마음에 와 닿는군요.

🍀 소당/김태은

그레이스 켈리, 오드리 헵번도… 아름다운 미모. 지금도 눈에 선해요. 멋지고 고운 시어에 머
물다 갑니다.

🌷 미량 국인석

모나코의 아름다운 풍광에 유혹당하셨군요. 지중해의 은빛 물결…. 호화 요트 여객선…. 그
림처럼 시야에 펼쳐집니다. 좋은 글 즐겁게 감상해봅니다. 감사합니다. 소산 선생님!

😊 눈보라

모나코가 참 아름다운 나라이군요.
문재학 시인님의 탁월한 표현력이 아름다운 시로 잘 나열해주셨습니다.

😊 雲岩/韓秉珍

소산 선생님 덕분에 세계 여러 나라 방문 기행문과 사진을 잘 감상하고 있습니다.
오늘도 모나코 여행 사진과 시심을 잘 감상했습니다. 늘 건강하시고 행복이 가득하시길 기
원합니다.

몽 골

가도 가도 끝없는
구릉지 초원

삶에 찌든 열차
외롭게 지나가고

곳곳에 산재한
판자 울타리 마을은
어설프기 그지없어

알 수 없는
측은한 마음 가슴을 짓누른다.

실개천 하나 없는 대초원에
점점이 떠 있는 하얀 '게르'

한가로이
풀을 뜯는 가축들 뒤로

산 능선에 걸려 있는
뭉게구름
필설(筆舌)로 표현 못 할
아름다움에 감탄이 절로 난다.

밤이면
눈이 시리도록 파란 하늘
은가루를 쏟아부은 듯
엄청나게 많은 별

그 찬란(燦爛)한 별빛에
숨 막히고
넋을 잃는다.

🐻　연지♡

몽골의 아름다움의 극치를 보는 듯합니다.
구렁들 속에서 저 게르들. 저속엔 행복하게 살아가는 몽골족들이 삶이 있지요.

🐸　민채

넓은 초원에 삶을 의지하고 지내는 게르 속의 사람들이 아름다움인지 외로움인지 모를 감
정이 듭니다. 어떻게 생각하면 그 사람들의 생활이 순수한 자연과 어울리는 아름다운 모습
같기도 합니다.

🐱　연산홍금자

삶의 지혜로운 사람들 자연과 하나로 욕심 없는 생활환경. 가족들의 사랑이 느껴집니다. 고
운 글 머물고 갑니다.

🐰　思岡안숙자

물과 풀을 찾아 떠돌며 평화롭게 살아가는 유목민들의 삶이 마냥 평화스럽지만은 않을 것 같
습니다. 문명과는 동떨어진 그네들의 삶이 오히려 애처롭게 생각 되지만 시인님의 글을 통해
자연과 더불어 지내는 그네들의 또 다른 행복을 유추해봅니다.

🐰　胥浩이재선

정착할 수 없는 애환도 있겠지만 골치 아픈 세상 등지고 평화롭게 살고 있는 몽골족들의
글과 영상 잘 보고 갑니다.

♣　산마을풍경

아름다운 풍경 속에 어려운 삶의 애잔함이 묻어납니다.

백두산

온 세상을 군림한 듯한
그 위용
새삼 옷깃을 여민다.

태산준령은 거느리지 않았지만
억겁의 세월을 두고
수많은 사연을
끝없는 평원. 산자락에 간직한 채

화창한 날씨에
기대를 안고 오르는 자에게
갑자기 눈보라를 선사한다.

좀처럼 보이지 않는 영봉(靈峰)
시련(試鍊)의 고통을 준 후
살짝 속살을 드러낸다.

얼어붙은 산 정상의 광대한 수면(水面)
눈과 함께
형언할 수 없는

연봉(連峰)의 아름다움이
경탄(驚歎)을 자아낸다.

속살의 영상을 담은 자는
살을 파고드는 추위가
하산을 재촉했다.

하산을 하면서 뒤돌아보니
어느새 거짓말같이
흩어지는 구름 사이로
정상에 햇빛이 쏟아졌다.

연산홍금자

한국의 영상 좋은 추억 속 즐거운 여행 속 친구들 모습 볼 때마다 행복한 추억 사진입니다. 좋은 글 감사히 머물고 갑니다.

🐰 思岡안숙자

백두산은 우리의 영산이라는 선입견 때문인지 겹겹이 펼쳐진 능선을 보노라면 신비에 가까운 아름다움을 느낍니다.
온전한 우리의 것이 되기까지 얼마나 많은 세월이 흘러야 할지 아름다울수록 안타까움이 커지는군요. 아름다운 백두산을 담아주신 글 감사합니다.

🐨 **희산 문정**

두 번을 갔었는데 백두산 야생화가 잊히지 않네요. 그 척박하고 추운 곳에서 꽃을 피우며 우리를 반기더라고요. 정상에 올라가니 비바람에 가려져서 천지를 못 보고 왔네요. 민족의 애환을 묵묵히 바라만 보고 앉아만 있는 백두산은 말이 없네요. 여행을 많이 하시고 좋은 추억으로 남기셨으니 보람도 있으시겠어요.
감상 잘했습니다. 감사합니다.

🐨 **연지♡**

백두산 여행기 친구분들과의 추억이 고스란히 남아있으시니 아름다운 추억의 장을 또 남기셨네요. 멋진 백두산 즐겁게 잘 감상했습니다.

🐸 **민채**

우뚝 솟은 명산에 한국의 든든한 남자 세 분이 서 계시니까 백두산의 주인 같아 보입니다. 백두산을 글로 옮겨주셔서 아름다운 풍경을 새겨봅니다.

🐰 **胥浩이재선**

십수 년 전에 가봤는데 다시 가보고 싶군요. 추억하게 해주셔서 감사합니다.

백두산 2

그 이름도 정겨운 백두산
압록강과 두만강의 발원지로
국경을 이룬 세월이 그 얼마인가

시뻘건 불기둥. 시원(始原)의 흔적
장엄한 첨봉(尖峯)들의 서기(瑞氣)도
천지간(天地間)에 자욱한 안개가
천지(天池)의 속살을 가리더니

천지(天地)의 조화로
거울 같은 옥빛 수면(水面)을
호기심의 불꽃으로 수(繡)놓고

하늘빛으로 녹아든 성스러운 숨결
신비감으로 일렁이었다.

민족의 정기 어린 백두산
통일의 염원은
언제나 이룰 수 있을까.

두 손을 모아
천지신명(天地神明)께
빌고 또 빌었다.

👩 수진 김선균

남의 땅, 우리나라 대표 산, 북한을 배경으로 한 백두산. 통일의 염원 가득한 시인의 마음에 깊이 동감합니다. 참 좋은 시, 잘 감상했습니다. 무더운 여름 잘 보내시기 바랍니다. 감사합니다.

🐸 해솔 김영용

백두산 천지의 쇠사슬이 웬 말인가? 마치 휴전선의 철조망을 연상케 합니다.
통일을 바라는 소산 시인님의 좋은 시향에 머물다 갑니다!

🐝 꿀벌

시인님 백두산에 다녀오셨군요. 참 안타까운 일입니다. 한반도 민족의 통일이 언제나 될런지…. 명시 글에 감사드립니다. 무더운 날씨에 건강관리 잘하시고 행복한 금요일 되세요.

🐝 雲泉/수영

소산님이 백두산에 직접 여행가셔서 보고 느낀 감정의 시. 제가 읽게 됨이 영광입니다!

🐸 미량 국인석

오늘따라 백두산의 위용이 대단해 보입니다. 모두가 우리의 땅이면서도 멀리서만 바라보아야만 하는 안타까운 현실에 가슴 아픕니다. 고운 글 잘 감상했습니다. 무더운 날씨에 건강하시고요. 소산 선생님!

♣ 나무꾼

"민족의 정기 어린 백두산 통일의 염원은 언제나 이룰 수 있을까. 두 손을 모아 천지신명(天地神明)께 빌고 또 빌었다." 함께 빌어봅니다. 통일을 염원하는 시 잘 보고 갑니다.

🐰 胥浩이재선

잊을 수 없는 기억들 중 하나가 말로 형용할 수 없을 만큼 신비롭고 아름다운 천지의 비경입니다. 그 기막힌 풍경을 글로 옮겨주셔서 옛날을 회상해보았습니다.

🌹 운지
시인님 담아내신 통일의 염원에 합장하면서 반가움 소복이 내립니다. 건강한 여름 나시길 바라요!

😊 김부장
기상이 상당히 좋았던 것 같네요. 두 손 모아 빌고 또 빌고 우리 세대 때 통일의 꿈을 이루었으면 좋겠습니다.

🍀 백초
중국 백두산 다녀오기도 힘겨운데 시까지…. 대단한 정력….
찜통더위에 건강 조심하십시오.

백설공주 성 알카사르 성

세고비아의 에레스마 강이 보이는 언덕
동화의 나라 알카사르 백설공주 성
현기증을 일으키는 아슬아슬한 절벽 위에
신비로운 빛을 뿌리고 있었다.

감흥을 더하는 문양의 벽면들 사이
창문으로 손을 흔드는 백설공주의 환영은
꿈의 나라 동심(童心)으로 젖어 들고

십오 세기 이사벨 1세 여왕의 대관식
전설 같은 사실이
아련한 세월 속에 어리어 있었다.

하늘을 찌를 듯한 첨탑(尖塔)들
주탑 위로 빙 둘러 길게 드리운
반원형 돌출된 오묘한 형상들의
흘러내릴 듯한 예술의 혼이 아름다웠던

숲 속의 백설공주 성

보고 또 보아도 홀렸던 풍경들이
그리운 추억으로 흔들린다.

🐟 雲泉/수영

백설공주의 성으로 더욱 많이 알려진 곳으로 알고 있습니다.
내가 직접 백설 공주의 성에 와 있는 듯한 느낌입니다.

🍁 鄕耕 윤기숙

백설공주 성 문재학님의 고운 글 다녀갑니다. 행복하고 복된 날 이루소서.

🐟 꿀벌

백설 공주의 성에 대하여 상세하게 시로 표현해주셔서 많이 읽고 갑니다. 명시 글 감사합니다. 오늘도 많이 웃으시고 즐거운 날 되세요.

🌸 崔 喇叭

백설공주의 성도 아름답군요. 옛날 옛적에 저런 건축기술이 정말 대단하였다는 생각입니다. 좋은 글 감사합니다.

🐙 민채

동화 속에 나오는 백설공주가 살고 있을 것 같아서 성이 더욱 아름답게 느껴집니다.
이제는 소산님을 길에서 만나게 되어도 당장 알 것 같아요. 정이 들었습니다.
아름다운 글과 좋은 곳 구경도 많이 할 수 있게 해주셔서 감사합니다.

🐰 思岡안숙자

높게 솟아 있는 성 이름이 백설공주 성이라고 하니까 더욱 신비로워 보입니다.
소산님의 아름다운 시를 통해 어릴 때 읽었던 동화 속의 전설 같은 백설공주를 상상해봅니다. 저도 한 번도 뵌 적은 없지만 어디서든 소산님을 알아볼 것 같습니다.
듬직하신 모습 멋지세요.

🌼 문천/박태수

동화의 성. 세고비아의 백설공주 성···. 아름다운 영상과 글 향에 쉬어갑니다.

🐙 미량 국인석

알카사르 성이 신비롭습니다. 동화에 나오는 백설 공주의 무대가 여기였던가요?
즐겁게 감상해봅니다. 소산 선생님! 건승 건필하세요!

백조의 성 노이 슈반스타인 성

◇◇◇◇◇◇◇◇◇◇◇◇◇◇◇◇◇◇◇◇◇◇◇◇◇◇◇◇◇◇

슈반가우 숲 속 험산 절벽에
홀로 우뚝 선 장쾌한 풍광
그림 같은 호수를 거느린
동화 속 나라의 백조의 성

비운의 루트비히 2세 왕의 열정
영혼의 그림자가
전설처럼 어리어 있다.

다그락 다글락
마차의 말굽 소리
울창한 숲 속을 울리면서
감미로운 향기로 묻어나는
아름다운 자연의 낭만 속으로 흘러들고

신비감이 감도는 물안개 속에 피어오르는
환상적인 신비의 성

꿈속 같은 고성의 매혹(魅惑)
눈부신 풍경이
밀려드는 관광객들의 가슴을
탄성으로 흔들고 있었다.

※ 백조의 성은 독일의 바이에른 주 퓌센 fussen의 근교에 있는 호헨슈반가우에 있는 성으로 루트비히 2세 왕이 1868년에 시작하여 17년간 건축한 성임.

🐟 민채

실존하는 성의 모습이 꼭 동화책 속의 그림 같네요.이름도 동화처럼 백조의 성인 걸 보면 호수에는 백조가 많이 살고 있었나 봐요. 시를 읽으면서 신비감에 싸였습니다.

🐰 胥浩이재선

동화 속에나 있는 줄 알았는데 실제로도 백조의 성이 있었네요.
가시는 곳마다 아름다운 시가 누에 실 같이 풀려나오니 대단하십니다.

🌹 꽃방울

독일 퓌센에 있는 노이 슈반슈타인 성이에요. 정말 아름다워요. 월트디즈니 성이 이 성의 모습을 본떠서 만들었다고 해요. 마치 동화 속의 성을 그대로 옮겨 놓은 것 같다고 하네요. 잘 꾸민 시를 보게 해주셔서 감사합니다!

🐢 龜岩 허남기

늘 그림으로만 보아왔던 백조의 성. 소산 선생님의 시향에 한번 가고픈 충동이 앞선답니다. 잘 감상했습니다.

🐝 꿀벌

노이 슈반스타인 성이 웅장하고 아름답습니다. 귀한 풍경과 명시 글 감상하고 갑니다. 고맙습니다. 깊어만 가는 가을 즐기시면서 행복하세요.

🌸 문천/박태수

독일 슈반가우 숲 속의 장엄한 백조의 성…. 아름다운 영상과 시향에 쉬어갑니다.
감사합니다.

😊 雲岩/韓秉珍

소산 선생님. 저녁 시간에 백조의 성 고운 시심을 잘 감상했습니다. 오늘 밤도 일교차에 건강 유의하시고 행복한 밤 보내시기 바랍니다.

😊 **수진 桃園 김선균**

낭만과 함께 하는 신비로운 '백조의 성' 잘 감상했습니다. 감사합니다.

😊 **눈보라**

문재학 시인님!
독일에 있는 백조의 성을 다녀오셨군요. 참으로 아름다운 성입니다….
글로서 그 아름다움을 절절하게 잘 표현해주셨어요.

🍀 **백초**

사진도… 시도 너무 멋집니다. 날마다 발전하는 모습 보기 좋습니다.

버즈 칼리파

세계 최고층 일백육십삼 층
세계 최고 높이 팔백삼십 미터
구름 위에 위용을 자랑하는
두바이의 상징 버즈 칼리파

뜨거운 사막에 피어 있는
미려하고 장엄한 사막의 꽃
정교한 내진(耐震) 강풍의 시공은
우리나라 건축술의 금자탑이었다.

구름같이 밀려드는
세계인들의 시선을 달구는
현란한 엘이디 쇼. 빛의 향연은
황홀감으로 빨려드는
환상의 빛으로 물들이고

인공호수에 드리운
다양한 선율 위로 춤추는 분수 쇼는
금상첨화로 어울리어
숨 막히는 그림을 그리고 있었다.

🦌 사슴
버즈 칼리퍼와 글 감사히 보고 갑니다.

😊 최순자
시인님의 글로 두바이에 가 있는 기분입니다. 꼭 가보고 싶네요. 좋은 하루 되세요.

👧 꽃망울
소산 문재학님의 고운 시랑 높은 빌딩 잘 보고 가네요….

🐱 연산홍금자
한국사람 아름다운 기술력 자랑입니다. 좋은 글과 영상 감상 잘하고 갑니다.

🐰 胥浩이재선
아름다운 곳을 다녀오셨네요. 자랑스러운 한국 기술이 금자탑으로 우뚝 솟아 있어서 글을 읽는 저도 기분이 좋아집니다. 명절 잘 쇠십시오.

🐺 어시스트.안종원
대한민국의 건축 기술을 세계만방에 선보인 건물 참으로 자긍심을 가져도 되겠습니다. 가보진 못했어도 시인님의 고운 글에 감사히 봅니다.

🍀 문천/박태수
세계 최고 높이를 자랑하는 버즈 칼라파…. 아름다운 영상과 글 향에 쉬어갑니다.

🐸 미량 국인석
우와! 예술입니다. 저 높은 건물을 우리 기술로 건축했다구요? 건물 통째가 무대를 방불케 한 쇼와 같습니다. 장관입니다. 소산님 덕분에 즐겁게 감상해봅니다.
감사합니다!

🍎 心泉 김진복
소산님, 안녕하세요?
밀려오는 한파 속에서 중동에 핀 우리의 기술 꽃을 편히 즐기다 갑니다. 감사합니다.

베네치아 Venezia

막막한 갯벌 위에
천오백 년 열정이
기적의 터전으로 꽃피웠네.

넘나드는 바닷물로
세월을 씻어 내리고

좁은 수로를 누비는
곤돌라는 삶의 빛으로 흘렀다.

대운하를 돌아가는
육중한 석조건물들이
위용을 자랑하는데

물결을 가르는 뱃머리마다
수많은 탐방객의
탄성의 메아리가 높다.

거대한 물고기 형상의 베네치아
그것은
바다 위에 둥둥
짜릿한 인간 승리의 감동이어라.

※ 영어 발음으로는 베니스 Venice이다.

◆　지반 침하 로 기울고 있는 종탑

🍬 꿀벌

베니스 도시가 물에 잠겨있네요. 한눈에 볼 수 있고 물에 잠긴 도시를 글로 잘 표현하신 멋진 글 읽고 갑니다. 감사합니다.

🍬 성을주

베니스를 한눈으로 보게 표현한 시 감상합니다!

🐱 연산홍금자

명작 소설 베니스에 상인. 기억에 남은 나라 여행하신 감동에 글 잘 읽고 갑니다.
추석 명절 잘 보내십시오!

😊 澤華 김정임1

선생님 건강하시지요. 선생님의 고운 시심에 즐겁게 머물다 갑니다. 오월 한 달도 건강하시고 행복하세요. 선생님!

✿ 문천/박태수

거대한 물고기 형상의 베니스. 아름다운 영상과 문향에 쉬어갑니다.

😊 雲岩/韓秉珍

소산 선생님 베니스 시심을 잘 감상했습니다. 늘 건강하시고 행복이 가득하시길 기원합니다.

🍀 소당/김태은

건강하게 무사히 여행을 다녀오셔서 멋진 시… 올려주심에 감사드려요

봉황고성 鳳凰古城

호남성(湖南省) 상서(湘西)벽촌에
타강(沱江)을 중심으로 둥지를 튼
찬란한 문화유적 봉황고성

다층구조의 독특한 목조건물들의
아름다운 자태에
천 년 역사의 숨결이 일렁이고

조각배로 유람에 나서면
타강을 가로지르는 홍교(虹橋)랑
이색적인 조각루(吊脚樓)들의
풍광이 선상으로 쏟아진다.

밤이면
건물마다 드리운 홍등(紅燈)이랑
불야성을 이루는 현란한 네온 불들이
천(千)의 매력으로 강물을 수(繡)놓아
환상적인 분위기에 숨이 막힌다.

옛 건물들의 정취에 물든
몽환(夢幻)적 풍경들이
감동의 물결로 출렁이면서

😊 　所向 정윤희

4,000년 역사의 봉황고성(鳳凰古城)을 다녀오셨군요. 선생님 다리는 백만 불 다리입니다. 그 먼 길을 다녀오시고 이리 좋은 글로 다시 읽게 되어 감사합니다. 편안한 주말을 보내세요.

🐰 　思岡안숙자

타강을 중심으로 중국풍의 목조 건물이 아름답습니다. 야단스럽게 흥청거리는 중국 거리의 풍광이 눈에 선합니다. 아름답게 표현하신 봉황고성을 함께 탐방한 느낌이었습니다. 감사합니다.

💬 　白雲/손경훈

봉황고성의 자태가 확연하게 떠오르는 글 고맙습니다.

🌸 　문천/박태수

감동의 물결로 출렁이는 봉황고성…. 아름다운 영상과 글 향에 쉬어갑니다.

🍀 　원앙요정

배경과 글이 멋지네요. 잘 계시지요. 언제나 좋은 글 올려 주셔서 감사드립니다.
늘 건강하시고요. 즐거운 휴일 되세요.

🐻 　연지♡

건물들의 반영이 멋지네요. 그야말로 꿈속의 환상입니다. 아름다운 영상과 멋진 시에 머물다가 갑니다.

👧 　수진 김선균

아름답게 실감 나는 기행 시, 잘 감상했습니다. 감사합니다. 건강과 행복이 가득하길 기원합니다.

🐦 　뽀얀 눈꽃

조각배로 유람에 나서면 타강을 가로지르는 홍교(虹橋)랑 이색적인 조각루(吊脚樓)들의 풍광이 선상으로 쏟아진다. 좋은 글만 올려주신 소중한 님의 글에 머물다 갑니다.

부차드 가든 Butchart Garden

그 이름도 정겨운 빅토리아 섬에
사람의 손길로 빚어놓은
꽃의 천국. 부차드 가든

버려진 채석장에
피땀 어린 정성으로 피운
사랑의 꽃들이

돌리는 발길마다
찬란한 생명의 빛을
눈부시게 토해내고 있었다.

작은 호수에 치솟는 분수는
고운 무지개다리를 수(繡)놓고
화려한 꽃물결에 일렁이는
그윽한 향기는
꽃의 요정(妖精)들의 숨결인가.

세계 각지 꽃들의 아름다운 향연은
밀려드는 관광객들 가슴을
황홀하게 물들이고 있었다.

※ 부차드 가든은 캐나다 서부 빅토리아 섬에 있다.

 옥화

부차드 가든에서 보고 느낀 글을 보게 되어 기쁩니다. 가을이 깊어가나 봅니다.
새벽바람이 쌀쌀합니다. 감기 걸리지 않도록 조심하시고 오늘도 가을 향기 마음껏 즐기시며 좋은 하루 되시기 바랍니다….

 胥浩이재선

사진으로 많이 봤던 곳이지만 글을 읽으면서 더욱 아름답게 느껴집니다.
두 분의 모습도 아름답습니다.

 홍두라

꽃의 천국 부차도 가든의 글을 감상합니다. 즐거운 금요일 마무리 잘하시고 휴식이 있는
편안한 주말 맞이하세요!

 최순자

사진으로 관광한 느낌입니다. 좋은 시로 여유로운 오후 맞이했습니다.

 꿀벌

부차드 가든이란 곳은 정말 아름다운 꽃들의 요정인가 봅니다.
시인님 덕분에 세계 여러 나라에 대한 좋은 글 많이 읽습니다. 항상 감사합니다.
깊어만 가는 가을 주말 즐겁게 보내세요.

 정미화

세계 각지 꽃들의 아름다운 향연은 밀려드는 관광객들 가슴을 황홀하게 물들이고 있었다.
문재학 시인님의 멋진 글에 함께 합니다. 즐거운 주말 보내시고 옥필하세요!

 눈보라

문재학 시인님 캐나다 여행하셨군요.
경치만 구경하는 것이 아니라 글로써 표현을 해주시니 그 감성에 찬사를 바칩니다.

빅토리아 폭포

거대한 잠베지 강을 수놓으며
천둥 치는 빅토리아 폭포

천칠백 미터를 꿈틀거리는
백 미터 낙차(落差)의 새하얀 폭포수

대지를 가르는 굉음(轟音)은
하늘에 솟구치고

천지를 뒤덮는 비말에 어리는
황홀한 무지개의 향연

가슴을 얼어붙게 하는
감동의 여운에
넋을 잃고 숨도 멎었다.

뜨거운 열기를 달래는
장엄한 풍광

억제치 못할 궁금증
헬기로 돌아보니

언제나 추억담으로 살아날
한 폭의 아름다운 수채화였다.

◆ 헬기에서

雲泉/수영

헬기를 타고 빅토리아 폭포를 감상하는 기분이 모두 시와 글로 표현된 것 같습니다. 저가 헬기를 타고 빅토리아 폭포를 감상하는 기분입니다.

연지♡

헬기에서 봤군요. 멋진 광경입니다.이런 빅토리아 폭포를 보면서 시 한 수가 읊어지는 님은 과연 멋지신 시인입니다.

협원

멀리 폭포로 내 몸이 들어간 듯 아찔한 시 글에 희열로 감동합니다.

소당/김태은

우와! 멋진 사진과 시어…. 한참 머물다 갑니다. 멋져요.

꿀벌

빅토리아 폭포 보기만 해도 물 떨어지는 소리가 클 것 같습니다. 늘 해외여행 이미지와 좋은 시 글 주셔서 감사히 읽고 보고 갑니다. 고맙습니다. 늘 오늘처럼 행복하세요.

수진 桃園 김선균

탐험가 리빙스턴이 발견한 그 폭포인가요? 듣기로는 나이아가라보다 훨씬 크고 웅장하다고 들었는데 사진으로 보니 대단합니다. 신기한 것은 폭포물이 절벽과 절벽 사이로 떨어지네요. 그럼 소리가 천둥소리처럼 크게 울릴 것 같습니다. 소산 시인님의 시를 통해 정말 대단한 폭포라는 것을 느낍니다. 잘 감상했습니다. 감사합니다.

작은천사

장엄한 풍광에 저도 빠져 봅니다.

청향/임소형

빅토리아 폭포의 절경이 한눈에 다 각인이 되는 세세한 시 내려 주셔서 멋진 풍광과 함께 함을 감사드립니다. 앞으로도 멋진 글 기대하겠습니다.

사 해 死海, Dead Sea

해발 마이너스 사백이십 미터
깊이깊이 내려 앉아
세월의 무게가 하얗게 녹아 있는
사막의 보석 소금호수

뒤뚱뒤뚱
중심만 잡으면
미소 짓는 파란 하늘이 보였다.

온몸도 둥둥
마음도 둥둥
하늘을 나러는 경이로움

호기심으로 즐기는
부영(浮泳) 체험도
검은 머드 체험도

비단결처럼 감미롭고
매끄러운 촉감들이
신비로움으로 넘실거렸다.

※ 사해의 염분 물은 유황 물보다 몸을 더 매끄럽게 했다.

🐱 연산홍금자

신비한 자연에 감탄사가 절로 납니다. 높은 염도에 수영 못해도 몸이 둥둥 뜹니다. 누워서 신문도 보고. 좋은 작품 주셔서 삼십 년 전 추억 여행합니다. 감사합니다.

▨ 화석 華石

아주 육지보다 낮은 사해를 보시고 지은 시 잘 보고 갑니다.

🐝 꿀벌

사해에 대한 좋은 글과 이미지 잘 보고 갑니다. 감사합니다. 11월 마무리 잘하시고 12월에도 행복하세요.

🐛 崔 喇叭

끝뻘가 아니고 냅뻘이군요. 좋은 시 감사합니다.

👧 정미화

사해 소금물이다 보니 수영을 하지 못해도 둥둥 뜬다지요. 소산 시인님의 멋진 글에 빠져 봤어요. 날이 으스스합니다. 건안하시어요.

😊 가을하늘

사해 가보고 싶은 곳! 좋은 여행하시며 고운 시어를 쓰셨네요. 부럽습니다.

🍀 문천/박태수

호기심으로 즐기는 부영, 감미롭고 매끄러운 촉감의 사해. 아름다운 글 향과 영상에 쉬어 갑니다.

😀 눈보라

사해가 어느 나라이죠? 그 나라는 지금 여름인가 봐요. 세계 유람하시면서 보고 느낀 점을 시 한 편으로 잘 장식하시는 문재학 시인님의 영감은 타고나십니다.

산토리니 섬의 풍광

아테네로부터 바닷길 이백 킬로
지중해의 보석 산토리니 섬

깎아지른 검붉은 절벽마다
억겁(億劫) 세월이 꽃을 피우고

기나긴 능선을 타고 펼쳐지는
온통 새하얀 건물들을
파란 돔들이 점점이 수놓는
동화 속 같은 환상적인 풍광을

마음으로 감동을 담고
동영상으로는 감미로운 추억을 담았다.

바람조차 황량하게 부는
거칠고 척박한 화산섬에
질곡(桎梏)의 삶이 눈부시었다.

일몰(日沒)로 이글거리는 낙조(落照)는
수많은 관광객들의 흥분의 도가니 속에
아름다운 이아(0ia)마을을
황홀한 빛으로 물들이고 있었다

🍃 예수님의 보배

우와! 가보진 않았어도 선생님의 글 속에서 그곳을 본 것 같은 착각이 일 정도예요. 좋은 글 감사드립니다. 샬롬!

🎀 예화

안방에서 산토리니 섬의 풍광을 본다는 것은 저의 영광입니다. 좋은 여행 시를 감상합니다.

♣ 상록수

지중해의 보석 산토리니 섬 수놓은 동화 속 같은 아름다운 풍경 황홀했습니다. 감사합니다.

❀ 자스민 서명옥

아하! 산토리니 섬 보기만 해도 황홀한데 직접 가셔 보셨으니 그 마음이란! 상상을 해도 기분 좋은 일이네요. 일몰로 이글거리는 낙조 사진으로만 보아도 천국입니다.
산토리니 섬의 여행담을 자세히 엮어주셔서 기쁜 마음으로 보았습니다.
좋은 선물 고맙습니다.

🐻 연지♡

글도 정말 잘도 표현을 하셨지만 사진 3장이 주는 이아 마을의 황홀한 풍경과 일몰인지? 일출인지 환상적입니다.

🐰 思岡안숙자

꿈속의 나라처럼 어쩌면 마을 전체가 저렇게 아름다울까요? 우리나라 가옥들과는 전혀 다른 느낌입니다. 글도 영상도 아름다워서 한참을 감상했습니다. 멋진 글 감사해요.

🐻 봄 박서영

산토리니 섬의 멋진 풍경과 자세한 설명 감사합니다. 낙조도 아름답군요.
따신 밤 보내세요. 시인님!

✿ 다솜이

제가 가보지 못한 곳의 신비로운 풍경들을 문재학 시인님 덕분에 잘 구경하고 있답니다.
추워지는 날씨에 건강 잃지 않도록 조심하시고 행복한 연말 맞이하시기 바랍니다.
늘 고맙고 감사드립니다!

샌프란시스코San Francisco의 석양

베이 부릿지를 돌아
다가간 우람한 금문교

칠십 년 세월을 자랑하는 위용(威容)
이구동성(異口同聲) 탄성. 탄성이다.

금문교에 걸친 눈부신 석양(夕陽)
저녁 바다에 뿌리는
긴 빛살 위로
떠가는 샌프란시스코

마천루 산마루에
타오르는 저녁노을

여독(旅毒)에 시달리는
수많은 사람들
가슴을 물들였다.

지금도 떠오르네.
아련히

네온처럼 흔들리는
추억의 샌프란시스코

❀ 설화

좋은 곳에 가셔서 추억을 남기고 아름다운 샌프란시스코의 배경, 고운 시에 머물다 갑니다.

🐰 미연

여행을 많이 다니시나 봅니다. 석양도 잘 담으시고… 시어도 아름답고 많이 배워야겠습니다. 라스베가스에 오셨으면 연락 좀 주시지 그냥 가셨더군요….
소당님이 전화번호 아시는데… 기회를 놓치고… 내년 정모 때나 뵐 수 있을는지.

🐝 산나리

여기저기 다니시는 소산님, 부럽습니다. 즐겁게 감상하고 다녀갑니다. 추억의 샌프란시스코도….

🐛 민채

금문교에 비치는 석양을 상상하며 아름다운 글 머물고 갑니다.

🌼 일범

소산 방장님 시어도… 영상도 잘 보고 갑니다.

👩 이뿌니

샌프란시스코가 미국에서 가장 살기 좋은 곳으로 선정된 곳이 아닙니까?
석양이 아름답군요.
그 다리에서 자살 하는 미국 국민들이 많다고 합니다,
너무 아름다워서 말입니다,

삿포로의 눈꽃 축제

칠십사 년 전통을 자랑하는
살을 에는 듯한 혹독(酷毒)한 추위를
세계 3대 축제로 승화(昇華)시킨
삿포로 눈꽃 축제

시내 중심을 가로지르는
1.5킬로 오도리(大通)의
넓은 공원 도로에
눈부시게 펼쳐지는
백설(白雪)의 향연(饗宴)

거대하고도 다양한 형상의
정교하고도 섬세한 솜씨의
걸작품에 탄성(歎聲)이 절로 나고

끝없이 밀려드는
수백만 명의 시선을 달구며
북해도의 맹추위를 녹이었다.

추위로 즐기는
아름다운 백설의 조형물마다
예술의 혼이 살아 숨 쉬고 있었다.

◆ 전망대에서 바라본 오도리

🙂 所向 정윤희

겨울이 되면 하는 일본의 축제 행사에 다녀오셨군요.

멋진 작품을 보고 감탄이 절로 나옵니다. 선생님 감사합니다.

🌸 남내리멋쟁이

소산 / 문재학 시인님의 좋은 글 '삿포로 눈꽃축제'와 아름다운 설경 즐겁게 감상하고 갑니다. 오늘은 아름답고 즐겁고 행복한 행운을 받으세요….

🐝 꿀벌

삿포로의 눈꽃축제 멋진 풍경과 좋은 시 글 읽고 갑니다. 감사합니다.

우리 고유의 설 명절 가족과 함께 즐겁게 보내시고 복 많이 받으세요!

🍁 최원경

삿포로의 눈이 대단합니다. 작품도 멋지고요. 잘 보았습니다. 감사합니다.

🐻 진춘권

삿포로의 눈꽃축제. 사진작품 감사한 마음으로 즐겁게 감상하고 나갑니다.

항상 건강하시기를 기원드립니다.

🌀 JIN O SDT

좋은 설경. 글 감사드립니다.

⚙ 협 원

아범과 같이 가본 게 십수 년 됐는데 눈 덮인 도시 눈 조형물 새롭습니다.

잊고 있었는데. 회상케 해주시어 감사드립니다.

선경 仙境 **황룡** 黃龍

민산(岷山)의 설보정(雪寶頂) 준봉(峻峯) 아래
유네스코 세계자연유산에 빛나는
거대한 황룡풍경구(黃龍風景區)
조물주가 빚어놓은 신비로운 걸작품

오채지(五彩池)의 현란한 물빛이랑
금분(金粉)을 뿌린 듯 눈부신 풍광은
저절로 터지는 탄성 속에
시종일관 시선을 사로잡는
황홀경으로 녹았다.

울창한 숲 속 계곡 십리(十里)에 걸쳐
다양한 형상과 크기
다랑논 형태의 아름다운 자태
3,400개의 황금 비늘(연못)을 거느린
꿈틀거리는 황룡(黃龍)이 승천(昇天)하고 있었다.

볼수록 빠져드는

오묘한 선경(仙境)은

탐방객의 가슴을

감동으로 물들이었다.

※ 黃龍風景區는 중국 四川省 松潘縣 境內에 있는
岷山山脈 雪寶頂 해발 5,588m의 중턱 해발 3,550~3,200m에 걸쳐 있다.

🍁 道公/서명수

거대한 황룡풍경구(黃龍風景區) 조물주가 빚어놓은 신비로운 걸작품.
오묘한 진리를 봅니다. 감사드립니다.

🌼 남내리멋쟁이

소산/문재학 시인님의 좋은 글 '선경. 황룡'과 아름다운 영상 즐겁게 감상하고 갑니다. 오늘은 힘차고 신비로운 행복하고 즐거운 휴일 되세요….

🐟 꿀벌

선경. 황용 황홀함에 감탄이 절로 나옵니다. 좋은 글과 함께 감상 잘했습니다. 고맙습니다. 환절기에 건강하시고 행복한 한 주 되세요!

🍀 소당/김태은

황룡!
김명숙 교수는 산소호흡기 코에 끼고 누워있었고 난 걸어 올라가다가 쓰러져서 아 죽었구나 했다가 쓰러진 아름다운 잊지 못할 황룡! 소산 시인님 고운 시 보니 새삼 생각나네요. 이젠 해외여행은 못 갈 수도 있을 것 같은 생각에 잠시 추억에 잠깁니다.

😊 所向 정윤희

선생님 안녕하세요. 중국 여행 잘 다녀오셨는지요. 진짜로 장관입니다.
말로만 듣던 황룡 대단합니다. 감사드립니다.

😊 가을하늘

선경. 황룡 좋은 글 즐겁게 감상합니다. 감사합니다.

😊 雲岩/韓秉珍

소산 선생님 영상 5도까지 기온이 오른 따뜻한 3월 두 번째 일요일 좋은 글 잘 감상했습니다. 연일 계속되는 환절기 일교차에 건강 유의하시고 감기 조심하시고 가족과 함께 즐거운 휴일 보내시길 바랍니다.

소림사 少林寺

중국무술계의 독보적인 사찰로
숭산(嵩山)의 아늑한 품속에 터 잡아
천년세월을 흘러왔네.

장구한 세월을 두고 쌓아온 내공(內工)과
새로운 무기를 선보이면서
얼마나 많은 설화를 탄생시켰을까.

호기심을 안고 밀려드는
수많은 관광객의
발길이 뜨겁다.

고찰(古刹)의 향기가 물씬 풍기는
소림사 옆에는
고승들 사리탑(舍利塔) 이백사십팔 개의
거대한 탑림(塔林) 숲 속은
세월의 이끼가 묻어나고

참선(參禪)을 통하여
정도의 길을 가는 무술 정신은
수십 개의 무술학교를 통해
그 전통의 꽃을 피우고 있었다.

🍀 소당/김태은

와~놀라워요. 세계 여행기도 기똥차게 잘 쓰셨는데, 짧은 시도 어려운데. 이렇게 잘 쓰시는 소산 시인님? 건강하게 만수무강하세요!

🐝 꿀벌

소림사 좋은 시 글에 머물러 갑니다. 감사합니다. 늘 건강하시고 행복한 나날 되세요!

😊 雲岩/韓秉珍

소산 선생님 뭐쎌 소림사 풍경과 좋은 글 잘 읽었습니다.
오늘도 건강 유의하시고 행복한 하루 보내시길 바랍니다.

🍁 노을풍경

중국의 소림사, 저는 다녀오지를 못했지만 이렇게 소림사의 깊은 역사와 그 안에 담은 이야기에 함께하고 갑니다. 소산님 오늘은 날씨가 더워지는 것 같습니다.
늘 건강하시고 오늘도 즐거우신 주말이 되십시오.

🍀 이화령

소산님께서 중국의 문화와 무술에 고장 소림사의 역사를 보시고 많은 견문을 하시고 오셨는가 봅니다. 더위가 점점 심해지는 초여름 건강 잘 챙기세요. 감사합니다.

😊 진춘권

소림사 좋은 글 감사한 마음으로 즐겁게 감상하고 나갑니다.
항상 건강하시기를 기원드립니다.

🌸 남내리멋쟁이

소산 / 문재학 시인님의 좋은 글 '소림사'와 아름다운 영상 즐겁게 감상하고 갑니다. 오늘은 진실한 마음으로 문을 열어주는 즐거운 주말 되세요.

수도교 水道橋

세고비아 시내를 가로지르는
길이 팔백여 미터, 높이 이십구 미터
거대하고도 정교한
아치형 석조조형물

수천 년 세월의 풍우(風雨)에
침묵으로 지켜온 문화유산
그 위용이 숨 막히게 다가왔다.

얼마나 많은 사람이
탄성의 시선에 홀렸을까.
얼마나 많은 사람이
물 이용으로 행복했을까.

짙어가는 저녁노을 따라
상념의 꼬리에
상상의 날개를 달아 보았다.

이천 년 전 생존의 지혜
찬란한 역사의 향기가
빤짝이는 크리스마스 조형물 위로
흘러넘치고 있었다.

🐝 꿀벌

보기 힘든 수도교의 역사에 대하여 명시와 글로 표현해주셔서 잘 알고 갑니다. 감사합니다. 만물이 소생하는 봄날 날마다 행복하세요.

🐝 강나루

수천 년의 역사를 가졌음에도 위용이 대단해 그 나라의 건축 솜씨를 알아줘야 할 것 같아요. 수도교를 제가 직접 보는 느낌이 듭니다.

🍁 鄕耕 윤기숙

대단한 다리네요! 멋진 사진과 고운 글 다녀갑니다. 행복한 주말 되세요.

🍀 문천/박태수

세고비아의 고색창연한 수도교. 아름다운 영상과 글 향에 쉬어갑니다.

🐰 胥浩이재선

뒤늦게 글을 읽어서 댓글이 늦었습니다. 2,000년 전에 만들어진 상수도 시설이라고 하니 감탄을 금할 수 없네요. 상수교라고 해서 다리인 줄 알았습니다. 아름다운 글 잘 보고 갑니다.

🌼 산월 최길준

수도교…. 이천 년 전 생존의 지혜. 찬란한 역사의 향기가 빤짝이는 크리스마스 조형물 위로 흘러넘치고 있었다. 멋진 여행기 즐겁게 감상하고 갑니다.

😊 눈보라

문재학 시인님. 세고비아 수도교가 있군요. 참으로 웅장합니다.
그리고 문재학님의 시가 더 웅장한 것 같아요!

🌸 비발디 사계

소산님 무탈하시고 강녕하신지요? 하얀 크리스마스트리가 너무 예뻐요.
주신 귀한 글도 가슴에 안고 갑니다.
사랑과 행복함 가득한 주말 되시고 늘 강녕하세요. 늘 고맙습니다. 소산님!

스카이 파크 마리나베이 센즈 호텔

검푸른 태평양 파도가
열대의 무더위를 달래는
싱가포르 해안에

볼수록 아름답고
기발하고도 독특한 형상의
한국인의 자긍심에 빛나는 SKY PARK

이천육백 개의 객실 위로
맑은 물이 넘실대는 오십칠 층의 풀장에
세계인의 호기심의 눈길도 넘실거렸다.

보고 또 뒤돌아보는
건축사에 길이길이 빛날
싱가포르 상징의 스카이 파크 그림자

꿈을 실은 수많은 선박들의 물보라는
미려한 풍광의 빌딩 숲 너머로
번영의 숨결로 일렁이었고

적도의 밤하늘을 탄성으로 불태우는
황홀한 레이저 쇼는
추억의 불씨로 아롱거린다.

🌸 문천/박태수

한국인의 긍지를 느끼는 싱가포르 스카이 파크. 아름다운 영상과 시향에 쉬어갑니다. 감사합니다.

🌰 팔마산

스카이 파크에 좋은 시를 올려주시어 잠시 편히 쉬면서 잘 읽고 고마운 마음으로 즐겁게 감상합니다. 항상 수고하신 덕택에 감사하면 즐겁고 건강하시고 늘 행복한 나날이 되십시오.

🐰 思岡안숙자

정말 특이한 구조로 올려진 건물이군요. 저런 어려운 기술을 한국인의 힘으로 해냈다니 정말 자긍심이 생기네요. 전망대에서 내려다보는 주변 경관도 무척 아름답다고 하던데 스카이 파크가 세워지기 전에 다녀오긴 했는데 다시 가보고 싶어집니다.
아름다운 글과 영상 즐겁게 감상했습니다.

😀 **bangkihui**

소산님께서 또 싱가폴의 아름다운 쉴봇을 땞넣과 함께 좋은 글을 주셔서 랍낊합니다. 뽈 낡 맨렙하시고 뿍꼈하세요.

😀 **정효식**

싱가폴 스카이 파크의 멋진 경치와 아울러 어울리는 시 잘 보고 감상 잘했습니다.
감사합니다.

🌹 **운지 안준희**

여행지의 전경이 고스란히 전해 오는 귀한 글 배독합니다. 시인님 행복한 주말 되세요.

🌼 **산월 최길준**

스카이 파크…. 적도의 밤하늘을 탄성으로 불태우는 황홀한 레이저 쇼는 추억의 불씨로 아롱거린다. 아름다운 여행 시 즐겁게 감상하고 갑니다.

💮 **진달래**

사진이 조금 흔들린 것 같아요.
멋진 스파이 파크 글을 읽으면서 현장에서 보는 것 같습니다.

스톤 마운틴 ston mountain

애틀랜타시 외곽
계란형 거대한 바위산
그 이름도 정겨운 스톤 마운틴

울창한 미송(美松) 숲을 돌고 돌아
민둥산을 찾아들면

오십 년 걸작품(傑作品)
남군의 세 영웅. 데이비스. 리. 잭슨의
축구장 크기의 살아있는 기마상(騎馬像) 양각(陽刻)
손바닥처럼 작게 다가온다.

그림 같은 호수를 끼고
케이블카로 정상에 오르면
수림(樹林)의 지평선 저 멀리
아스라이
애틀랜타시가 손짓을 한다.

작열(灼熱)하는 태양도 쉬어 가는
대평원의 스톤 마운틴

자연의 경이(驚異)로움에

절로 터지는 경탄(驚歎)의 소리

억겁의 세월이 숨 쉬고 있었다.

※ 스톤 마운틴은 높이 251m, 둘레 8km로 단일 바위로는 세계최대이고,
한 장 사진으로는 모두 담을 수 없다. 정상에서는 360도 조망할 수 있다.

🦋 **그린빛** 김영희

좋은 곳 여행하셨습니다. 소산님. 정상에 바라보니 시 한 수 멋들어지게 탄생시켰군요.
소산님 좋은 날 이어가시고 건강하세요.

🐰 **思岡안숙자**

자연이 만든 기이한 풍경들이 많네요. 저렇게 거대한 바위산은 처음 봅니다.
소산님 덕분에 좋은 구경 많이 합니다. 가는 곳마다 아름다운 글로 감동 받게 하시는군요. 신기한 바위산 영상과 아름다운 글 잘 보았습니다. 감사합니다.

🍀 **진주조개** 박기주

신의 걸작품에 인간의 작품들이 어우러진 한 마당이네요. 좋은 글 감사합니다.

🐻 **조영재**

높이 251m, 둘레 8km로…. 입을 다물 수가 없습니다…. 와우! 멋진 곳 다녀오셨군요.
소산/문 재학 시인님 아름다운 글 잘보고 갑니다~ 웃음 가득한 나날만이 되시길 빕니다. 뿅
꼈하세요.

😊 **澐華** 김정임

선생님 좋은 곳 여행하셨군요. 고우신 시심에 쉬어갑니다.
더운 날씨네요. 항상 건강하시고 편안하소서!

🍀 **소당/김태은**

귀여운 인상으로 만인한테 귀염 받는 소산 시인님! 거미줄이 따로 있네요. 매일 떠오르는 시상이 아무나 있는 것 아닌지요. 요즘 시상이 잘 안 떠올라 시도 못 올려요.

시드니 오페라하우스

파도도 잠드는
천혜(天惠)의 요새 시드니 항구에
호주의 상징 오페라하우스

조개를 포개놓은 형상의 기발한 아이디어
시선을 압도하는 위용
무한 가능성의 스킬이 녹아 있었다.

우렁찬 공명(共鳴)의 반향(反響)이
거대한 하버브리지를 흔들면서
하얗게 허공에 울려 퍼지고

인접한 다운타운 빌딩 숲 위로
저공 선회하는 경비행기는
삶의 풍요를 구가하고 있었다.

꿈꾸듯 다가서는 오페라하우스
볼수록 아름다운 자태는
마음을 사로잡는 문명의 꽃이었다.

사시사철 감미로운 풍광을
세월의 강에 뿌리는 ---

😊 雲海 이성미

사진으로 봐서는 한국처럼 그런데 관광해보고 싶네요.
멋진 사진 고운 글 즐겁게 감상합니다.

🌹 꽃방울

시드니 오페라하우스는 수도 시드니에 있는 공연장. 오페라 극장과 음악당을 비롯해 여러
개의 극장, 전시관, 도서관 등이 있어 유명한 곳으로 알고 있어요.
좋은 곳 여행 가서 사진과 글 주셔서 감상하게 됩니다.

🐰 思岡안숙자

시드니의 오페라하우스는 저도 오래전에 다녀왔습니다만 오래돼서 가물가물하네요. 시드
니의 상징이기도 하고 세계에서 가장 아름다운 건물 중 하나라고 하더군요. 가시는 곳마다
이처럼 명작이 탄생하니 소산님께서는 참으로 대단하신 분이십니다.

🍀 문천/박태수

호주의 상징 시드니 오페라하우스…. 아름다운 글 향에 쉬어갑니다.

🐝 꿀벌

시드니 오페라하우스에 다녀오셔서 좋은 시 글로 표현해주셔서 감사합니다.
시인님. 아름다운 곳에 여행 많이 하시고 행복하세요.

🌿 수장

세계를 다 여행하신 여행가 같습니다. 호주는 모두가 가보고 싶은 곳이지요.

신앙의 도시 카트만두

구름도 쉬어가는
히말라야 산맥 자락
거대한 분지에 아늑히 터 잡은
그 이름도 아름다운 카트만두

깨달음을 염원하는 열망들이
깊은 신앙의 뿌리를 뻗어 이룬
고색 찬란한 자태의
세계 문화유산들
역사의 향기가 눈부시다.

잦은 강진으로
공포의 여진이 끓고 있지만

거미줄처럼 얽힌
삶의 애환이
성스러운 믿음으로 녹아 있는

영원한 신앙의 도시 카트만두
별유천지를 이루고 있었다.

※ 네팔의 카트만두에는 세계문화유산이 7개소나 있고 집집마다 신을 모시고 있다.

※ 崔 喇叭

네팔의 카트만두 종교로 응집되어 있군요. 종교란 정말 묘한 것입니다. 좋은 글에 사진 잘
보았습니다. 감사합니다.

🌸 문천/박태수

성스러운 믿음으로 녹아 있는 영원한 신앙의 도시. 카트만두, 아름다운 영상과 글 향에 쉬
어갑니다.

🐙 민채

신앙의 나라다운 풍경이군요.
네팔은 아는데 네팔의 수도인 카트만두는 이름조차 생소합니다.
제가 좀 무식하거든요. 소산님 덕분에 공부 많이 합니다. 감사해요.

🐟 지천

우리는 유교가 무너지고 대체할 종교나 이념이 없어 정신은 점점 황폐해지고…. 오늘의 이
혼돈, 동남아 국가들이 가난하지만 민족의 신앙이 있어 정신적 행복이 유지되는 것 같습
니다

😀 눈보라

문재학 시인님. 히말라야 산맥 자락 카트만두에 다녀오셨군요. 세계 곳곳에 여행하시면서 그
곳 풍경을 시로 아름답게 승화시키시는 훌륭한 시어에 찬사를 드립니다.

❀ 산나리

이 나라 저 나라 원 없이 다니십니다. 새로운 곳에 머무는 동안 덱 한 수 나오시고 좋습
니다.

♣ 상록수

기도 많이 하는 장소는 깨달음을 열망하는 기도 에너지가 쌓여 그곳에 가기만 해도 기도
기운이 생긴다고 합니다. 감사합니다.

아부다비의 왕궁

검은 황금으로 이룩한
사막 위의 나라 아부다비

이백여 개의 섬과 섬을
뜨거운 혈관으로 엮어
풍요로운 삶을 구가하고 있었다.

쪽빛 바다에
긴 그림자를 드리우는
미려하고 현란한
고층빌딩 숲을 지나면

바다 위에 둥둥 떠 있는
순백의 거대한 왕궁

숨 막히는 아름다움에
짜릿한 전율의 파도가
밝은 햇살에 녹아내리고

무한 가능의 손길이 빚은
기적 같은 예술의 걸작품이
황량한 사막에
새하얀 경탄의 빛을 뿌리고 있었다.

🐝 꿀벌

아부다비의 쪽빛 바다와 순백의 왕궁 풍경이 신비롭습니다.

사진으로 보아도 가보고픈 충동감이 생기는데 직접 가서 여행하면 얼마 좋을까 하고 생각하게 됩니다. 시인님 덕분에 항상 외국 여러 나라에 대한 풍경과 좋은 글 접하게 해주셔서 감사합니다. 깊어만 가는 가을 정취 즐기시고 행복한 주말 보내세요.

🐰 思岡안숙자

건설 기간이 10년의 긴 세월이 걸렸을 만큼 웅장하고 화려하고 아름다움의 극치입니다. 부럽기도 하네요. 그들의 문화를 녹여내어 만들어 낸 아름다운 건축물을 보면서 인간이 재력을 가지고 만들어 낼 수 있는 건 어디까지일까 생각해봅니다. 아름다운 영상과 글 감사합니다.

🌸 문천/박태수

황량한 사막에 새하얀 경탄의 빛 아부다비의 왕궁. 아름다운 영상과 글 향에 쉬어갑니다.

♣ 상록수

아부다비 왕궁의 숨 막힐 듯한 아름다움을 잠시 느껴 봅니다. 감사합니다.

🐱 木林 최완탁

무한 가능의 손길이 빚은 기적 같은 예술의 걸작품이 황량한 사막에 새하얀 경탄의 빛을 뿌리고 있었지요.

아름다운 사막에 삶의 향기 가득한 공간을 만들며 검은 기름으로 낙원을 만들어가던 중, 최근에는 기자 암살 사건으로 많은 고초를 겪고 있기도 하지요. 좋은 글 감사합니다.

🐸 미랑 국인석

하나의 예술 조각품 같네요. 좋은 글과 함께 즐겁게 감상해봅니다. 감사합니다. 소산 선생님!

😊 가을하늘

가보고 싶었던 곳 글 속에서 위안을 받습니다. 아부다비의 왕궁이여.

아우슈비츠 수용소

푸르름의 녹음도 바람도
숨을 죽이는
아우슈비츠 수용소

연기로 사라진
백 수십만의 고귀한 생명
통한의 흔적 찾아
끊임없이 밀려드는 발길

차가운
붉은 벽돌 사이로
오늘도 내일도 누빈다.

산더미 같은 주인 잃은 참극의 흔적
인류 최대의 참상 앞에
말문이 막히고 눈물도 말랐다.

이름 없는 작은 꽃들에도
이름 모르는 나무들에도

원혼의 절규
이슬이 되어
천근만근 젖어오며

마음의 두 손이 모아진다.
명복을 비는

😊 **소운**

소산님의 생의 존엄성에 대한 깊은 성찰 앞에 숙연히 머물다 갑니다. 저도 허락이 된다면 직접 눈으로 가슴으로 담아 삶의 헛된 욕망들의 부질없음을 깨우치고 싶네요. 멋진 여행 부럽습니다.

😊 **가은♡金注흠**

원혼의 절규 이슬이 되어 슬픈 글에 마음속에 애잔하게 밀려옵니다.
시인님 깊은 시어에 마음 담아갑니다. 건필하십시오.

🌸 **산나리**

그곳에 가셔서 보시고 이런 글이. 전 가지 않았어도 감동적입니다. 절규하고 이슬이 되었을 그분들께!

🐦 **연지**

소산님께서는 여행도 즐기시고 시도 수필도 훌륭하세요. 부럽습니다.

🐰 胥浩이재선

생각만 해도 끔찍한 곳입니다. 수백만 명이나 죽어 나가고 일부는 의학실험 대상으로 삼았다고 하니 그 잔학성은 짐작하고도 남음이 있네요.
인간의 잔인성의 끝을 보여준 비극의 현장을 다녀오신 글 잘 보고 갑니다.

🌸 설화

그곳에 가보지 않아도 본 듯 감동적인 글 속에 그 참담함을 느낄 수 있네요.
수용소에서 이슬로 사라진 그분들의 명복을 빕니다.

🌹 당신 멋져

세월의 역사 아우슈비츠 수용소. 이름 없이 연기로 사라진 원혼 고운 글로 올려주셔서 감사합니다.

🍁 청암류기환

아우슈비츠 수용소를 다녀오셨군요…. 삼가 고인들의 명복을 빕니다. 고운 글 고맙고 감사합니다.

😎 샬라

젊은 영혼들이 형장의 이슬로 사라진 참극의 현장. 다시는 없어야 할 역사입니다.

안데스 대평원

해발 사천 미터를 넘나드는
광활한 페루의 지붕

멀리 흰 구름을 거느리고
하늘빛으로 흘러드는
만년설의 그림 같은 안데스산맥을 끼고

가도 가도 끝없는
장엄한 고원(高原)의 자연풍광
호기심을 자극하는 광야를
굽이굽이 돌아가면

황토벽돌 마을들이
파노라마를 이루는
별천지 이국(異國)땅

중세 유럽의 식량 자급에 기여한
역사적 사실이 살아 숨 쉬는

삼천여 종의 다양한 색상. 감자꽃 향연이
감자의 원산지답게 장관을 이루는
이색적인 풍광의 안데스 대평원에

독특한 의상의 왜소(矮小)한 체구
순박한 원주민들의 초라한 삶이
아련한 추억 측은지심으로 떠오른다.

🍁 청산야인

안데스 평원과 원주민의 삶 그들 나름대로 영역 자존심과 전통 이 교차하는 고운 글 즐겁게 감상하고 갑니다.

🍎 서연/강봉희

더운 여름 안데스산맥과 함께합니다. 멋진 글 잘 읽고 가요…, 건강하세요

🍀 낙락장송 정태교

안데스의 자연과 원주민의 삶이 느껴지는 시향에 머물다 갑니다.

🌸 문천/박태수

마야문명의 발생지, 안데스 대평원. 페루의 고지대가 그림처럼 떠오릅니다.

🐱 가을하늘

페루 여행 갈 때 넘었던 안데스산맥이 인상 깊었습니다. 고운 시에서 그곳을 다시 생각하게 합니다.

🌺 산월 최길준

안데스 대평원…. 독특한 의상의 왜소(矮小)한 체구 순박한 원주민들의 초라한 삶이 아련한 추억 측은지심으로 떠오른다…. 추억 어린 여행시 즐겁게 감상하고 갑니다.

🌹 운지

안데스 대평원…. 장중한 문장에 한동안 머물다 갑니다. 시인님 늘 행복하세요!

👧 조약돌

한 폭의 그림 같은 안데스 고원의 모습과 그곳 주민들의 애환의 글이 애잔합니다.

🐙 민채

민둥산 같이 생겼는데 평원이군요. 감자 꽃이 삼천여 종이나 되는지요? 세계는 정말 특이한 곳이 많네요. 아름다운 글과 세계를 느끼면서 머물고 갑니다. 감사합니다.
다테야마 정상 아래 구로베 댐으로 하산하는 케이블카 지나는 곳

알펜루트의 가을

삼천 미터 해발로 선. 다테야마(立山)
태산준령 험산에
인류가 뿌려놓은 경이로운 문명의 꽃
다양한 루트. 팔십육 킬로
호기심의 발길. 세계인이 모여들었다.

굽이굽이 다가오는
현란한 오색 단풍길
숨 막히는 환상의 드라이브
연속되는 탄성의 소리 끝이 없고.

구로베 댐으로 하산 길
케이블카로 섭렵(涉獵)하는
눈부신 단풍의 광대한 향연
짜릿한 전율이었다.

넋을 앗아가는
기나긴 구로베 깊은 계곡에
옥수 물소리
미려(美麗)한 수직 암산(巖山)에
억겁의 세월로 부서져 내렸다.

모두가
뇌리를 떠나지 않는
진한 감동의 장면 장면들
알펜루트에 살아나는
추억의 꽃이었다.

◆ 다테야마 정상 아래 구로베 댐으로 하산하는 케이블카 지나는 곳

◆ 구로베 협곡. 하천 바닥의 노천탕 섭씨 42도. 족탕을 하는 곳

✿ 해당화

알펜루트의 아름다운 절경을 상세히 읊어 주시니 가보지 않아도 눈에 선합니다.

🎈 賢智 이경옥

마치 제가 여행을 하는 듯합니다. 좋은 곳에서의 고운 시심. 한 아름 안아봅니다.

🌹 에스더/박숙희

선생님 도야마를 다녀오셨군요…. 일본의 알프스라 불린다는 아름다운 계곡 그리고 산…. 몇 년 전에 다녀왔는데 산 위에서 족욕하던 모습이 똑같아서…. 그때를 생각했었지요. 다시 가고 싶은 여행지. 여행 그리고 도야마 알펜루트를 표현한 좋은 시에 축하 인사드립니다.

👧 蕙亭 박연희

얼마 전 여행길에 본 풍경입니다. 귀한 글에 안부 드리며, 항상 행복하십시오.

✿ 설화

너무도 아름답고 좋은 곳에 다녀오셨네요. 저도 일본은 여러 번 가봤지만 알펜루트는 못 가봤어요. 즐거운 여행 부럽습니다. 건강하게 잘 다녀오셔서 이렇게 좋은 글을 올려주시니 반가워요.

🍀 소당/김태은

소산님 참으로 부럽습니다. 한국에서 단풍길도 드라이브할 시간이 없어 올가을은 가족 우환으로 악몽의 시간들로 가을을 보내고 있어요. 시심이 뛰어 나신 소산님. 여유당의 보배 이십니다. 앞으로 많은 기대되는 소산님!

🌷 민채

저는 설벽은 보고 왔지만 소산님 글을 읽으면서 가을에 다시 가보고 싶습니다.
기행문도 남기시고 시도 남기시고 다녀오신 보람이 있네요.

앙코르 왓 등

바위 하나 없는 대평원(大平原)에
상상을 초월한 석탑(石塔)의 유적(遺跡)

대역사(大役事)를 이룬
수많은 사람의 흔적은
어디로 사라지고

장엄(莊嚴)한 기적(석탑)만 남아
팔백 년 세월 거대한 검은 모습에
세계의 눈길
거센 관광의 불길이 이네

천 년 고목이
적석(積石)의 틈을 파고, 감싸는
진기(珍奇)한 광경이랑

황토 벌판 곳곳에
섬세한 인류의 솜씨가
살아 숨 쉬는 열대의 나라
캄보디아

경탄(驚歎)의 발길이
유구한 역사 속으로 빠져든다.

🍀 **백초**

정말 멋진 사진 홍일점…. 한 분 시어가 더욱 아름답습니다.

🐙 **민채**

인간의 능력 한계가 어디까지일까요?
수백 년 전의 불가사의한 유적의 경탄스러움을 담아주신 글 잘 읽고 갑니다.

🍀 **소당**

앙코르 왓 사진을 보니 소산님 보기 좋아요. 참으로 시어가 훌륭하십니다. 정말로….

♣ **나무**

가보고 싶은 곳입니다. 소산님 건강하세요.

🍀 **춘강**

앉아서 앙코르 왓을 보게 되다니…. 감사합니다. 잘 보았습니다. 물론 덒까지…. 건강하시기를 바랍니다.

야류 野柳 해양공원

타이베이 북동쪽 태평양 바닷가
세계인의 명소(名所)
야류(野柳) 해양공원

파도에 씻기고 풍우에 조각된
기기묘묘(奇奇妙妙)한 형상들
밀려드는 관광객들의
발길이 뜨겁다.

진기(珍奇)한 기암(奇巖)들의 향연
여왕 바위, 촛대바위, 사랑 바위 등
다양한 모양의 눈부신 자태에
탄성의 눈길이 황홀하다.

짜릿한 흥분은 찰나의 행복이든가
모래 먼지도 없는
폭신폭신한 신기한 황금빛 대지 위에
억겁 세월의 소리가 살아 숨 쉬고

푸른 파도에 물든

기이(奇異)한 풍광들이

진한 감동의 여운으로 가슴을 적시었다.

✿ 문천/박태수

타이베이 야류 해양공원…. 아름다운 영상과 글 향에 쉬어갑니다.
좋은 글 감사합니다.

🐰 思岡안숙자

정말 해풍과 파도가 빚어 놓은 걸작들이네요. 모양마다 저마다의 소리를 내는 조각 공원 같습니다. 세계에서 이런 진풍경을 볼 수 있는 곳이 두 군데뿐이라니.
희귀성 때문이라도 좋은 관광 자원이겠군요. 아름답고 신비한 야류 해양공원이 글 속에 잘 표현되어 즐겁게 감상했습니다.

🌹 운지 안준희

야류 해양공원. 진기한 기암들의 향연에 초대하신 시인님 감사합니다. 건안 향필하세요.

😊 오은 이정표

기행문 형식으로 그려내신 글향이 마치 대만을 다녀오기나 한 듯 소생 매료되고 말았나이다. 어느덧 끝자락에 다다른 사월 갈무리 잘하시고 강녕하소서.

😊 bangkihui

소산님의 멋진 글을 읽노라면 마음이 뻣떳해지고 참 좋습니다. 타이베이 꾈컴쫑 빡뻤뒓뒓헥뿜뒓뿡뚫을 다녀오셨군요? 곁뛻슦넦들이 많이 보이네요? 롭끷합니다. 왠뤰하세요….

😊 선화공주

멋진 여행 하셨군요…. 만든 문재학님 포즈가 익살스러워요. 좋은 글 잘 보고 나갑니다.

🍀 백초

부럽소이다. 소산 시인님! 멋저부러!

⚙ 昭衍 박용진

대만 다녀오셨군요. 저도 가봤는데 기묘한 풍경이 참 멋지더군요.
멋진 시를 덧붙이셨습니다.

양귀비

긴긴 세월을 두고
얼마나 회자(膾炙) 되었던가.
동양 미인의 표상. 양귀비

백옥 같은 살결 위로
은빛 달빛도 숨을 죽이는

상상의 나래에 살아있는
천하제일의 아름다운 모습
천연의 향기로 피어오르고

대리석 욕조의 긴 그림자도
낭하(廊下)를 울리던
긴 비단 치맛자락 소리
화청지를 휘감고 도는구나.

꿈같은 부귀영화
미인이어서 불행했었나.
비극으로 요절(夭折)한 삶

인생무상.

무심한 세계인의

호기심의 발길만 밀려드네.

※ 화청지華淸池 : 서안의 여산 자락에 있는 당나라 때 별궁으로 당 현종과 양귀비의 로
맨스가 남아있는 곳임.

翠松 박규해

양귀비의 아름다운 그 모습 글로써 잘 보았습니다.

의재

경국지색의 미인 양귀비가 목욕하던 화청지의 온천은 지금도 그대로인데, 인걸은 흐르는 물처럼 간데없고 지금 시인은 인생무정을 읊고 있으니 無情歲月若流波입니다.

바다 매

당대 천하미인 양귀비의 아름다움과 일생을 잘 묘사해 주신 훌륭한 덕에 넋을 잃었습니다. 좋은 시를 보여주셔서 감사합니다. 복 받으시고 건강하십시오.

그린빛 김영희

아름다운 양귀비. 총애를 한몸에 받고 시대 속 역사를 채우며. 살다간 양귀비. 잠시 생각하게 합니다. 소산님 좋은 글 감사합니다.

雲岩/韓秉珍

소산 선생님 양귀비의 시향과 동상 앞에서 찍으신 선생님의 모습 잘 감상했습니다. 늘 건강하시고 행복이 가득하시기를 기원합니다.

팔마산

감미로운 양귀비의 좋은 글을 올려주시어 대단히 감사합니다. 건강하시고 늘 행복하십시오.

작은천사

소산님. 절 기억하시는지요. 작은 천사입니다. 오랜만에 시인님의 고운 글을 뵙습니다. 아직도 여행을 즐기시는 왕성한 모습 반갑습니다. 항상 건안하시구요. 향필하십시오.

운지♡안준희

양귀비의 아름다운 자태만큼이나 고운 글에 젖어 갑니다. 행복한 주말 되세요

민채

양귀비는 성이 양씨고 귀비는 후궁 순위를 나타내는 칭호라고 들었는데 꽃 이름까지 양귀비가 있어서 더욱 절세미인 같이 느껴집니다. 아름다운 글 머물고 갑니다.

에즈 Eze 선인장 마을

모나코 가는 굽잇길에
철학자 니체의 얼이 서려 있는
남프랑스 에즈 마을

독수리 형상의 요새, 작은 마을 바위산을
꼬불꼬불 미로(迷路) 따라 정상에 오르면
지중해 절경. 파노라마에 잠긴
천상의 눈부신 열대 화원에
다양한 종. 고운 자태의 선인장들이 반긴다.

바위틈 사이로 수놓는 진기한 식물들을 지나
일백 년 만에 핀다는 세기(世紀)의 꽃 용설란이
척박(瘠薄)한 땅 절벽을 배경으로 솟아오르는
오(五) 미터 높이의 대형 꽃대의 경이로움이
탄성의 풍경을 이루고

생애 단 한 번 피고 삶을 마감하는
거대한 행운의 꽃대에 흐르는 윤기
감미로운 촉감에 넘치는 생명의 정기(精氣)

용설란꽃의 당당한 삶
마지막 황금빛 꽃의 아름다운 숨결은
소중한 삶의 의미를 되새기게 했다.

❀ 진달래

선인장 마을은 늘 정원을 보는 듯할 것 같습니다.

😊 꽃망울.

문재학님의 멋진 글과 용설란 잘 보고 가네요.

🐸 미량 국인석

멋진 선인장 영상과 여행시 함께 즐겁게 감상합니다. 포근한 주말 즐거운 시간 되세요. 소산 선생님!

❀ 문천/박태수

모나코 가는 굽잇길에 에즈 선인장 마을. 거대한 용설란 꽃대와 아름다운 글 향에 쉬어갑니다.

🐰 오미영

용설란 꽃대 신기하고 처음 접해보네요. 백 년에 한 번 핀다는 꽃.
정성 주셔서 눈 호강하고 갑니다.

❀ 소당/김태은

선인장 마을에 가서도 이런 멋진 시를 쓸 수 있음에 부러워요.
전 시상도 안 떠오르고 쓰고자 하는 의욕도 없고 그저 냥이, 강아지, 탁구 가며 놀고 지내고 있어요. 이것이 바로 천국이 아닐지….

🎈 수장

상상만 하여도 좋은데요. 선인장 마을의 풍경이 그려집니다.

❀ 자스민 서명옥

선인장이 참 특이해요. 용설란 꽃의 당당한 삶 꼭 닮고 싶네요.
사진으로나마 시인님 모습 봅니다. 반갑습니다. 항상 멋진 여행담 눈요기 잘한답니다.

🐱 연산홍금자

열대화원에 이색적인 열대식물 진귀한 구경거리가 많은 곳에 백 년 만에 피는 용설란 구경 잘했습니다.

에펠탑 Eiffel Tower

파리 심장부의 상징물
영원한 검은 보석이어라

일만 톤을 자랑하는
장엄한 위용의 자태
삼백 미터를 굽어본다.

시내를 휘감아 돌며
번영의 빛을 뿌리는
세느강을 거느리고

인간 세상의 온갖 소음을
침묵으로 지켜온 세월이
그 얼마이든가

파리의 밤하늘
어둠을 사르는
휘황찬란한 황금불빛

숨 막히는 풍광은
만인의 가슴을
흥분의 도가니로 물들이는
살아있는 이정표였다.

🌹 양규 김지열

에펠탑 보시고 쓰신 고운 시 잘 감상하고 갑니다.

☺ 雲海 이성미

127주년을 맞을 에펠탑. 에펠탑을 짓기 위해 우여곡절도 많았다고 들었습니다.
현재 프랑스의 명물이기도 하지요. 멋진 사진 고운 글 감사합니다. 선생님

🐰 胥浩이재선

파리의 명소인 에펠탑을 아름답게 쓰신 글을 읽고 까마득한 옛날 친구들과 함께 갔던 추
억을 떠올리면서 아름다운 글 잘 보고 갑니다. 감사합니다.

☺ 눈보라

숨 막히는 풍광은 "만인의 가슴을 흥분의 도가니로 물들이는 살아있는 이정표였다." 문
재학 시인님의 절묘한 표현력에 감탄을 합니다.

🍀 꿀벌

파리의 상징 에펠탑 감상하며 멋진 시 글 읽고 갑니다. 감사합니다.
편안한 시간 되세요

✿ 헵시바기주

선생님 글 속에 들어가면 모든 것들이 휘황찬란해지네요. 샬롬!

✿ 문천/박태수

에펠탑 앞에서 찍은 사진이 멋져 보입니다. 사진과 함께 올려주신 글 향에 쉬어갑니다

✿ 산월 최길준

에펠탑···. 파리의 밤하늘 어둠을 가르는 휘황찬란한 황금불빛···. 좋은 글 향에 쉬었다 갑
니다.

여름 궁전 분수쇼

미려한 자태의 여름 궁전 앞
계단으로 펼쳐지는
금빛 광채의 삼손 분수를 비롯한
다양한 황금 예술의 형상들
눈이 시리도록 빛나는 황금빛 향연이
탄성의 메아리로 녹아들고

울창한 숲의 정중앙을 가르며
바다를 향해 직선으로 탁 트인
기나긴 수로 따라
고요한 풍광은 은빛 숨결로 젖어들었다.

장엄하게 울려 퍼지는 음악 속에
자연 낙차를 이용한 거대한 분수쇼는
수천수만의 관광객 가슴을
흥분의 도가니로 물들이고

살아 숨 쉬는 찬란한 예술의
황홀한 분수쇼에
한동안 자리를 뜨지 못하는 감동이
긴 여운으로 흘렀다.

※ 여름 궁전은 러시아 상트페테르부르크 시 교외 29km에 있음

▣ 화석 華石

소산 문재학님의 러시아 상트페테르부르크의 분수쇼를 올려주셔서 잘 보고 갑니다.

✿ 그린빛 김영희

분수쇼를 보시면서 화려하고 찬란한 시 한 수를 풀어내셨네요.

✿ 崔 喇 叭

러시아에 있는 분수쇼군요. 장관을 이룬 분수가 볼만했을 것 같습니다.
글 잘 보았습니다. 감사합니다.

🐻 강나루

올여름 폭염에 시원하게 하늘로 뿜는 물줄기만 보아도 한결 시원함을 느꼈습니다.
오늘 하루 행복한 웃음이 머무는 멋진 하룻길 되십시오.

🐰 胥浩이재선

규모도 그렇고 각가지 조각상에서 뿜어져 나오는 분수는 장관이더군요.
조경도 썩 잘 되어 있어서 반할 만했습니다. 아름답게 표현하신 글 잘 보고 갑니다.

✿ 꽃미

살아 숨 쉬는 예술의 분수를 보는 듯합니다. 추석이 다가오고 있네요. 행복한 마음으로 명
절 준비를 하시는 즐거운 날 되시길 빕니다.

🐱 어시스트 안종원

먼 나라 여행길에서 피곤함 속에 담아주신 여름 궁전 자세한 설명까지 감사히 봅니다. 못
가본 여행지 앉아서 눈 호강합니다.

영혼의 도시 바라나시

여명을 걷어내는 찬란한 햇살이
갠지스 강을 물들이고
역사의 향기 가득한
옛 유적의 건물들이
또다시 하루를 맞이하는데

인생의 고생 고개를 넘어
영생을 찾는 길
활활 타오르는 화염은
영혼의 불길인가.

누구나 한번은 가야 하는 길
이승의 흔적을 지우는
생의 마지막 길이 쓰라리기만 하여라.

호곡(號哭) 소리 잦아진 곳에
까맣게 그을린 상처는
무심한 강바람이 씻어 내리는데.

속세의 인연이 끊어진 자리
허무한 삶의 그림자는
나그네 발걸음을 무겁게 짓누르고 있었다.

※ 갠지스 강변의 많은 火葬을 보고 -사진 촬영 금지구역임-

🎵 **성을주**

정신의 도시 바라나시를 가보지 않고서는 어쩌면 인도에 갔다고 하지 못할 거 같네요. 좋은 여행 하시고 글도 주시고요. 고맙습니다.

🌳 **민채**

화장도 하고 목욕도 하고 마시기도 하는 갠지스 강의 독특한 전경을 상상하면서 아름다운 글 머물고 갑니다. 감사합니다.

🌳 **상록수**

갠지스 강 화장에 관한 감동적인 시 감사합니다

🍎 섬 한효상

다큐를 통해 많이 본 갠지스 강 바라나시도 화면으로 보았지요.
문 시인님 덕분에 좋은 글 봅니다. 건강하십시오.

🐝 꿀벌

'영혼의 도시 바라나시'를 가지 않아도 시인님께서 좋은 글로 표현해주셔서 마음으로 여행을 하고 갑니다. 항상 여행 후기 좋은 글 감사합니다.
새로운 8월에도 건강과 행운이 함께하시기를 기원합니다.

🍀 예화

바라나시 도시 한눈에 바라보는 느낌입니다.

❀ 산나리

이곳 갠지스 강에 꼭 가보고 싶었는데 소산님 부럽습니다. 누구나 한번은 가는 길, 나라마다 풍습이 다르지요. 시 잘 감상하고 다녀가요, 더운 날 몸조심하시기를.

와디럼 Wadi Rum

삼억 세월이 빚어낸
환상의 분홍빛 사막 와디럼
달리는 지프차에 올라

이정표 없는
광대무변(廣大無邊)의 대 사막을
종횡(縱橫)으로 누비면

기묘한 바위산들의
눈부신 풍광들이
시선 가는 곳마다 손짓을 했다.

멀리서는 보잘것없는 암석들이
다가서면 감동으로 맞아주는
신비한 순수 자연의 비경

사막의 열기도
미세먼지의 고통도
까맣게 잊은 체

비탈진 반원형 사구(砂丘)를 회전할 때
급경사 내리막길을 질주할 때
짜릿한 스릴의 비명 소리는
분홍빛 사막을 붉게 물들이고 있었다.

※ 와디럼은 요르단에 있는 태고의 숨결이 녹아 있는 붉은 대 사막이다.

🍎 은빛

사막에 세워진 저 바위가 삼억의 세월을 견디었으니 대단합니다.

🐰 胥浩이재선

정말 장관입니다. 자연은 위대한 예술가네요. 글로도 이처럼 감탄사가 나오는데 실제로 보면 얼마나 아름다울까 생각합니다. 아름다운 글 감사합니다.

✿ 문천/박태수

기묘한 바위들의 눈부신 풍광, 와디럼…. 아름다운 영상과 글 향에 쉬어갑니다.

🌹 꽃미

사막의 지프차에서 달리며 같이 나누어 느껴 보았으면 환상의 기분일 거 같아요.
새해 더욱 자주 뵙고요. 복 받으세요.

⚙ 石水

붉은 사막 와디럼 아름다운 풍경에 황홀 자체입니다. 멋진 여행 하셨습니다.

🐰 思岡안숙자

정말 자연의 힘은 위대하군요. 기기묘묘한 바위들이 예술이네요.
신비한 비경에 더위를 잊을 정도셨다니 호기심이 생깁니다.
아름다운 글 감사합니다.

✿ 자스민 서명옥

달리는 사막 한가운데 지프차 먼지 날리고 그곳에 구경하신 문재학 시인님 덕분에 눈과 마음이 호강합니다.

용문 석굴 龍門石窟

하남성 낙양(洛陽)의 이하(伊河) 강변 따라
일 점 오 킬로로 펼쳐진 거대한 암벽(巖壁)에
천오백 년 전에 시작, 수백 년에 걸쳐
불심에 대한 열망이 빚어낸
세계 문화유산의 용문 석굴

억겁(億劫) 세월로 유유히 흐르는
이하 강을 굽어보고 있는
이천수 백여 개의 벌집 같은
크고 작은 석굴군(石窟群)이 장관이었다.

측천무후 모델 설화가 얽힌
봉선사동(奉先寺洞)의 정교한 창조적 예술
당나라 시대의 걸작품.
비로자나불(毘盧자那佛)
그 아름다움에 심오한 불심이 묻어나고.

수많은 목책(木柵) 난간(欄杆)과 계단을 오르내리며
끝없이 밀려드는 관광객들이
울긋불긋한 꽃띠를 이루며
오월의 햇살을 달구고 있었다.

와! 귀한 사진과 훌륭한 시를 감상하니 잠이 달아나 버리네요. 낮에 바쁘다 보니 일찍부터 잠이 오거든요. 원 없는 여생을 살아오신 소산 시인 수필가님 정말 존경하고 부러워요. 만수무강하소서.

소산/문재학 시인님 아름다운 글 감사합니다. 명품 사진 용문 석굴, 아름다운 글 추천드려요. 문운 행운 가득하시고 꽤빴하시길 기원합니다.

시인님 덕분에 가기 힘든 세계 문화유산 용문 석굴 부처님 전경과 좋은 글 감상 잘하고 갑니다. 고맙습니다. 늘 지금처럼 건강하시고 푸른 오월의 마지막 주말 즐겁게 보내세요!

🍀 남내리 멋쟁이

문재학 시인님의 좋은 글 '용문 석굴'의 아름다운 풍경 즐겁게 감상하고 갑니다.

👧 진춘권

용문 석굴. 좋은 글 감사한 마음으로 즐겁게 감상하고 나갑니다.
항상 건강하시기를 기원 드립니다.

🍁 道公/서명수

용문 석굴. 정말 웅장하고 정교함에 감탄입니다. 중국의 문화유산이자 세계적으로도 유명
한 석굴. 앉아서 보게 됨을 영광으로 생각합니다. 감사드립니다.

🍀 이화령

중국에 국토가 넓은 관계로 관광 코스도 많습니다.
덕분에 용문 석굴 관광 잘하고 갑니다. 감사합니다.

워싱턴 두 여인

천금 같은 시간 속에
소중한 삶 풀어놓고
미 서부를 찾은 칠십 고개 두 여인

굴곡의 세월 때문인가.
잔주름에 가녀린 모습
상냥한 음성에도
이역만리 타향살이
고달픔이 묻어난다.

고운 미소의 향기
가슴을 적시는데

만났다. 헤어졌다
다정한 손짓에
피어나는 삶의 향기

애틋한 그 모습
까닭 모를 연민의 정이 인다.

기약 없는 세월에
흐려진 기억이라도
마음에 새겨본다.

워싱턴 두 여인

이쁘니

소산님 나의 모습을 보는 듯한 시….
아마 저는 워싱턴에 한 여인이라고 제목을 붙이고 싶군요. 감히…. 잘 읽고 갑니다.

🍀 **소당**

기약은 없지만 마음에서는 떠나지 않을 것 같네요. 즐거운 여행 눈에 선합니다.

🐰 **思岡안숙자**

외국에서 한국인을 만나면 정말 반갑더군요. 여행을 많이 하시니까 여행지에서 생기는
아름다운 추억도 많으시겠어요. 한두 군데도 아닌데 가시는 곳마다 글을 남기시면서 정말
알찬 여행을 하셨습니다. 저도 그런 부지런하심을 닮고 싶군요. 요즘은 소산님 기행문 덕
분에 많은 상식과 지식을 쌓게 되네요. 늘 수고해주셔서 감사합니다.

청담 추연택

잘 다녀갑니다. 재미있는 여행 짐작이 갑니다.

💬 **竹虎/김홍만**

머언 곳에서 두 여인의 정을 그리셨네요. 감사합니다.

월아천 月牙泉

그 이름도 아름다운
돈황(敦煌)의 명사산(鳴沙山)에
그림처럼 솟아난
오아시스 월아천.
볼수록 신비로워라.

수천 년 세월을 두고
초승달의 고운 자태는
구름처럼 밀려드는
세인들의 가슴을
감동으로 물들이고

모래 산 능선을
칼날로 일으켜 세우는
사나운 모래바람에도
눈썹 하나 까딱 않는
너의 기개가 눈부시구나.

체념으로 달래야 하는
만월의 꿈을 꾼 지가
그 얼마이든가
되돌리는 발길 위로
천근 같은 아쉬움이 고이네.

🐻 연지♡

그야말로 볼수록 신비로운 월아천입니다. 모래사막 아래 풍경이 저리도 아름다울까요?
여행기를 보면서 또 여행하시면서 저렇게 멋진 시가 술술 나오시는 님은 정녕 시인이십니다.

🐝 꿀벌

월아천의 멋지고 아름다운 풍경을 좋은 시 글로 표현해주셔서 감사합니다.
오늘도 깊어만 가는 가을 만끽하시고 행복한 하룻길 되세요.

💎 박정걸

오-예~
사막의 오아시스 월아천 시향도 몽실몽실.
뜬구름도 솜털 같은 아름다운 시향만 리. 쉬어가는 마음 아쉬워 다시 한 번 곱씹으며 갑니
다. 방긋! 수고하셨습니다. 문 작가님!

🐻 **최한식**

소산 문재학 시인님. 안녕하세요.
월아천 아름다운 시 함께 감상하여 봅니다. 오늘도 행복하시고 즐거운 하루 되세요

🐰 **미연**

초승달 모양의 오아시스 월아천(月牙泉) 천지 가는 길에…. 여행하시면서 고운 사진과 시
달인이신 소산 시인님 멋지세요.

🍀 **자스민 서명옥**

하! 오아시스 월아천 사진만으로도 환상이에요.
그런 곳에 여행하신 시인님 얼마나 좋으셨을까요. 문재학 시인님 여행을 좋아하시는 시
인님. 이렇게 사진으로 글의 만남이 행복합니다. 건강하세요.

은퇴자의 세계 일주

누구나 꿈꾸는
인생의 버킷리스트

다양한 인종(人種)과 생활상
아름다운 자연풍광과
찬란한 문화유적을 찾아
지구를 몇 바퀴나 돌았을까?

떠날 때마다
호기심에 불타는 설렘은
언제나 밤잠을 설치게 했다.

시차 극복의 시련도
장시간 여객기 탑승도
모두 다 행복의 씨앗이었다.

일생일대의 소망
자세한 현장감을 살린
방대(厖大)한 세계 일주 여행기를
시리즈로 내놓고

팔십 고개에서 바라보니
아련한 보람의 추억들이
행복한 성취감(成就感)으로 밀려온다.

🍁 道公/서명수

문 시인님. 드디어 세계 일주 여행기가 출간되었군요. 축하드립니다.
독자들에게 많은 사랑을 받으리라 사료 됩니다.

🍀 소당/김태은

일주 여행기 책 다섯 권 머리맡에 놓고 잠들기 전 읽다가 안경 쓰고 그냥 잠들어 아침에 깨보니 안경이 팔에 눌려서 태가 한쪽 부러졌네요. 얼굴 양미간도 움푹 파지고. 늙으니까 눈도 피곤하고 글씨 오래 보니 눈도 피곤한가 봐요. 소산 시인님은 시인, 수필가이시라 참 여행기도 잘 쓰시니 매끄럽게 잘 쓰세요. 다시 한 번 축하드려요. 역사에 기록을 남기셨으니 참 존경스럽습니다. 만수무강하시길 기원드립니다.

🐱 은영

주말 아침 좋은 글. 커피 한잔과 맛있게 보고 갑니다. 그리고 신산 축하드립니다.

🐝 꿀벌

시인님께서는 늘 여행을 다녀오시면 이미지와 좋은 시 글 주셔서 감사드립니다.
늘 건강하시고 행복한 나날 되세요!

🐝 남내리 멋쟁이

소산 문재학 시인님의 좋은 글 '세계 일주'와 아름다운 영상 즐겁게 감상하고 갑니다. 오늘은 3월의 마지막 주말 가시는 곳마다 즐겁고 행복한 주말 되세요.

🍎 동이 정수나

누구나 꿈꿔 보는 세계 일주를 책으로라도 겪어 보면 좋을 것 같네요.
즐거운 시간 보내시고 미소와 행복이 가득한 주말 되시길 바랍니다.

⚙ 황포돛대

은퇴 후에 세계 일주 너무 좋아요. 자유롭게 이곳저곳 다니며 새로운 문물을 배우고 체험하는 여행 잘 보고 갑니다. 감사합니다.

이구아수 포르투갈어:Iguaçu 폭포

남미의 심장부를 흔드는
그 이름 이구아수 폭포

악마의 목구멍 깊은 숨소리
지축을 울리는 굉음(轟音)에
몸도 마음도 젖었다.

이곳저곳 사방팔방
물기둥 천둥소리
탐방객 탄성 소리

비말(飛沫)의 회오리로
무지갯빛을 쏟아내는
경이로운 물의 향연(饗宴) 현기증을 일으켰다.

무량세계(無量世界)에 어디에 또 있을까.
이백칠십여 개의
장엄(莊嚴)한 이 폭포수의 풍광

살아 숨 쉬는

정글의 전설이

짜릿한 감동의 여운으로 밀려왔다.

✿ 여름목련 김계자

시인님의 글이 사진 속에서 멈춰있는 이구아수 폭포를 쏟아 내리게 만드는 것만 같습니다. 감사합니다.

▣ 더불어

물 색깔이 맑고 푸르렀으면 더 장관일 듯싶습니다. 글 고운 시향에 제가 저 폭포수 한가운데 서 있는 느낌입니다. 먼 길 다녀오시느라 고생하셨습니다!

😺 연산홍금자

지축을 울리는 천둥 같은 굉음. 힘찬 물기둥 오색 무지개 말로 표현할 글이 없습니다. 자연의 신비 놀라고 또 지금도 가슴이 뜁니다. 귀한 글 감사합니다.

👧 장미정

'아는 만큼 보인다' 했는데, 시인님은 여행을 하면서 시를 쓰시니 풍광들이 얼마나 많이 시인님께 말을 걸어오겠는지요? 멀고도 먼 남미의 풍경과 더 깊게 관람할 수 있도록 올려 주시는 시를 고맙게 감상합니다.

🐸 민채

관광객 발길이 끊이지 않는다는 이름도 유명한 이구아수 폭포네요.
소산님께서는 정말 여행 마니아 신 것 같습니다. 세계의 유명한 명소는 다 섭렵하셨군요. 덕분에 좋은 곳 구경 잘 합니다. 아름다운 글 잘 읽었습니다.

😺 賢草 김광식

이구아수 폭포 살아있음이 실감이 나는 듯합니다. 고운 글에 쉬어갑니다.
점점 차가움이 내리는 계절, 건강에 유의하시고 행복한 시간 되세요!

🎈 수장

글만 보아도 이구아수 폭포의 굉음이 들리는 듯합니다.

자유의 여신상

허드슨 강 하구 리버티 아일랜드에
인류 평화와 번영의 상징
구십삼 미터의
거대한 자유의 여신상

청동의 푸른 의상을 휘날리며
유리알 같은 맑은 허공에
황금빛 횃불로
자유의 빛을 달구고

지척(咫尺)에 있는
물질문명의 찬란한 꽃
뉴욕 맨해튼의 마천루
자유의 햇살로 피워냈다.

끊임없이 밀려드는
세계인의 호기심의 눈길은

넘실대는 푸른 물결을 가르는
분주한 유람선으로
하늘에는 요란한 헬기의 날갯짓으로

허드슨 강을 자유롭게 누비고 있었다.

✿ 문천/박태수

청동의 푸른 의상을 휘날리며 유리알 같은 맑은 허공에 황금빛 햇불로 자유의 빛을 달구고…. 아름다운 글 향에 쉬어갑니다. 늘 건안 향필 하십시오.

✿ 민채

뉴욕을 찾는 관광객들이 빠뜨리지 않고 찾는 자유의 여신상을 다녀오셨군요.
자유의 여신상은 희망적이고 긍정적인 이미지고 자유를 상징하는 아이콘이기에 자유의 여신상을 보면서 많은 사람들이 안도감을 느끼는 것 같습니다. 아름다운 글을 통해 세기적인 기념물인 자유의 여신상을 다시 살펴보았습니다. 감사합니다.

✿ 雲岩/韓秉珍

소산 선생님 미국 자유의 여신상 보시고 읊으신 시향 잘 감상했습니다.
오늘도 무더위에 건강 유의하시고 복된 하루 되시기 바랍니다.

✿ 靑野/김영복

소산 선생님의 깊은 시심에 마음 한 자락 내려놓습니다.
저도 허드슨 강을 누비는 자유의 여신을 보고 싶어지는 정감이 넘치는 좋은 시를 잘 감상했습니다. 늘 건강하시고 오늘도 기쁨과 행복이 넘쳐나는 좋은 하루 되시길 바랍니다.

✿ 허천/주응규

좋은 글을 벗 삼아 하루를 동행합니다. 오늘 하루도 기쁨 가득하시고 행복하십시오.

✿ 산책/장용순

자유의 여신상 멋진 모습과 글 마음에 담습니다. 감사합니다.

✿ 운지♡안준희

삶을 멋지게 유유자적하시는 시인님 부럽습니다. 아름다운 풍광만큼이나 고운 글. 취하며 마음 한 자락 내려두고 갑니다. 편안한 밤 되세요.

잠들지 않는 보스포루스

해상교통의 요충지로서
긴긴 세월에 빛을 뿌리는
보스포루스 해협

천혜의 삶의 터전
검푸른 파도 위로 누비는
뱃고동 소리조차 풍요로웠다.

지중해와 흑해로 연결하고
아시아와 유럽을 넘나드는
폭 일 킬로의 황금의 다리 위로
눈부신 석양이 내려앉고 있었다.

자정(子正)에서 새벽으로 이어지는
대형선박들의
불꽃 튀는 생존경쟁
불야성을 이루고

인류의 물질문명이
번성했던 이스탄불
번영의 깃발로 휘날리고 있었다.

🍃 옥화

세계에서 가장 아름다운 해협으로 알려져 있기 때문에 이스탄불 여행 중 빼놓을 수 없는 관광지 보스포루스 해협. 크루징을 통해서는 과거와 현재를 뒤섞어 놓은 독특한 아름다움을 느낄 수 있는 세계 최고의 관광지인 것 같습니다. 잘 만든 시 마음에 들어요!

🐢 민채

아름다운 보스포루스 해협을 아름다운 시와 동영상으로 보니까 직접 가서 보는 것 같습니다. 해변의 아름다운 집들과 대형 선박들이 보이는 경치와 아름다운 글 잘 보고 갑니다. 감사합니다.

🍃 꿀벌

잠들지 않는 보스포루스 동영상으로 상세하게 보여주시고 시, 글로 표현해주셔서 감상 잘하고 갑니다. 고맙습니다. 늘 멋진 날들 보내세요.

🐰 胥浩이재선

폭 일 킬로의 황금 다리와 해안가 마을에 있는 고급저택 및 별장들이 아름다운 해상교통의 요충지인 보스포루스 해협을 아름다운 글과 영상으로 잘 보고 갑니다. 감사합니다.

🌸 문천/박태수

아시아와 유럽을 넘나드는 보스포루스 해협…. 아름다운 영상과 글 향에 쉬어갑니다.

💬 수장

저도 가보지 않은 생소한 나라지만 글을 통해 이해가 갑니다. 즐겁게 감상합니다.

🐢 미미멘트

소중히 주신 글 너무 잘 보았습니다. 항상 건강히 신나는 나날 되세요.

🐰 雲海 이성미

선생님 여행을 많이 하시니 아름다운 글이 읽는 내내 행복합니다. 늘 강건 건필 하세요.

🍀 소당/김태은

검푸른 파도…. 그리고 영상…. 멋진 시어… 환상입니다

천문산 天門山

이십 리 케이블카로 바람을 가르며 정상에 오르면
천문산 거대한 천공이 반긴다.
천문의 하늘 구멍
볼수록 경이로운
자연의 신기한 걸작품이다.

수천 길 수직 절벽의 유리잔도琉璃棧道)
투명유리 시선 끝으로
빨려 들어가는 공포(恐怖)의 전율(戰慄)은
등줄기의 식은땀으로 흐르고

귀곡잔도(鬼谷棧道) 위로
울긋불긋 인간 띠 행렬은
한 폭의 수채화였다.

수백 미터 지하갱도로 끝없이 내려가는
뻔적이는 에스컬레이터
그건 인간의 무한욕망. 결실의 꽃이었다.

보기만 해도 아찔한
아흔아홉 굽이 절벽의 꼬부랑길
현기증을 일으키는 곡예 운전

미련으로 되돌아보니
그림 같은 풍광 위로
흰 구름의 미소가 손짓하고 있었다.

※ 천문산은 중국 호남성 장가계에 있는 높이 131m, 넓이 57m, 깊이 60m의 거대한 천문
동 하늘 구멍이 있는 곳이다.

😊 **青野/김영복**

소산 선생님. 천문산의 아름다운 풍경과 여로라는 곱게 내리신 좋은 시를 잘 감상했습니다. 늘 건강하시고, 오늘 밤도 행복이 충만한 좋은 시간 되시길 바랍니다. 멋진 영상과 함께 즐겁게 감상해봅니다. 감사합니다.

🐱 **연산홍금자**

신비로운 곳입니다. 무한한 인간의 욕심, 미련, 현기증을 일으키는 곳예 맞습니다.
한 발 실수하면 끝이 되는….
저는 밑에서 구경하면서 함께 간 사람들 올라가서 본 얘기 감동하며 느껴 봤습니다.
수고하신 작품 감사합니다, 건강하세요.

💬 **혜슬기**

천문산 직접 가보지는 않았지만 시인님의 글이 그대로 천문산을 보는 느낌입니다.
상세하게 세밀하게 그대로 좋은 글 너무 고맙습니다.

🐢 **민채**

어떤 표현도 그 신비한 경치를 표현할 수 없을 정도로 아름다운 천문산을 시인님께서는 짧은 시에 다 담으셨네요.
아름다운 글과 영상으로 천문산 잘 보았습니다. 감사합니다.

🍁 **鄕耕 윤기숙**

천문산 귀한 글과 사진 잘 보고 갑니다. 중국 여행 즐겁고 보람되셨겠네요.

🌸 **자목련**

뻥 뚫린 바위굴보다 흐미야… 수많은 계단이 더 인상적이네요.
저길 올라가려면 수행해야겠는 걸로…. 좋은 곳 다녀온 글 감사합니다.

😊 **눈보라**

문재학님.
중국 천문산에 다녀오셨군요. 우와아! 정말 신비롭고 아름다운 대자연입니다.
감탄연발이에요. 시로서 천문산을 아주 경이롭게 잘 표현해주셨어요.

천 섬

가도 가도 끝없는
세인트로렌스 강의 아늑한 품속
천 섬의 향연이 눈부시다.

부호들의 그림 같은 별장들
맑은 물에 헹구어 내며
나그네 가슴을 감탄으로 물들였다.

여유로운 유람선 사이로
쉴 새 없이 질주(疾走)하는
젊은 낭만의 하얀 포말(泡沫)들
환상적인 풍경을 주름잡으며
국경(國境)의 바람을 가르고

애틋한 사랑의 전설
볼트 성의 웅장한 자태는
인생무상의 긴 그림자로
뱃머리에 흔들리었다.

신비에 홀(惚)려 맴도는
천 섬의 황홀한 풍광들

뇌리(腦裏)를 떠나지 못하는
천혜의 지상낙원이었다.

※ 천 섬은 미국과 캐나다의 세인트로렌스 강 국경에 있다.

😊 **연지♡**

소산님은 정말 대단하십니다.
어쩜 여행하기도 늘 분주하실 텐데 어쩜 여행지에서 저런 멋지고 섬세한 시상이 줄줄 나오시는지요? 존경스럽습니다.

🐱 **연산홍금자**

소산님의 섬세하신 여행기에 감탄사를 드립니다.
또다시 그곳 여행한 느낌입니다. 아련한 기억들이 떠오릅니다. 감사합니다.

😊 **글벗**

애틋한 사랑의 전설 볼트성의 웅장한 자태는 인생무상의 긴 그림자로 뱃머리에 흔들리었다. 자연의 멋진 풍광과 인생의 깨달음, 서정이 담긴 아름다운 글, 공감하면서 잘 읽었습니다. 축복합니다.

💎 **영민**

천섬에 황홀한 풍광에 홀딱 반하셨네요. 가보고 싶어라.

🐚 **운지♡안준희**

천혜의 지상낙원 천섬…. 아름다운 문향 감동입니다. 우중에 안전 운행하시구요.

🌸 **문천/박태수**

백만장자의 별장이 줄지어 있는 섬이라지요…. 좋은 글에 머물다 갑니다.
늘 건안 향필하십시오.

😊 **가을하늘**

아름다운 천섬에서 머뭅니다. 다시 가보고 싶은 섬이여! 즐겁게 감상합니다.

치첸이트사의 신비 Chichien Itza

광대한 밀림의 대평원에 우뚝 솟은
천 년 전 마야인들의
생존의 방편으로 이루어낸
기적의 문화유산 치첸이트사

천문학적, 수학적 지혜로 태양 빛을 이용한
삼백육십오일, 사계절, 춘분과 추분, 하지와 동지
한 치의 오차 없는 그 정교함에
현대과학도 감탄하는 세계 7대 불가사의

우순풍조(雨順風調) 기원의 제물로
사람의 심장을 바치는 그 잔인함은
처절한 삶의 몸부림이었다.

손바닥을 칠 때마다 '찌엉 찌엉'
크게 반응하는 거대한 울림. 공명(共鳴)
신성 서러운 반향(反響)은 천년세월을 울리고

갈증으로 타는 불모지에
경이로운 유적의 치첸이트사
찬란히 빛나는 불멸의 꽃이 되어
신비로운 역사의 향기를 뿌리고 있었다.

※ 치첸이트사는 멕시코 유카탄반도에 있는 피라미드 신전이다.

🐟 민채

그 옛날에 어떻게 그토록 정교한 천문대를 만들었을까요? 참 대단합니다.
사람이 한편으로는 우매하고 한편으로 불가사의한 능력이 있어서 신기합니다.
아름다운 글 감상하고 갑니다.

🍎 은빛

세계 여행을 즐기시니 글 소재도 다양하실 것 같습니다. 감사히 배워갑니다.

💎 未拙 고영종

찬란히 빛나는 불멸의 꽃이 되어 신비로운 역사의 향기를 뿌리고 있었다.
사람은 가고 없지만 그 시절 건축물만이 남아 전하는군요.
이렇듯 시인은 가고 없겠지만 시는 남아 있겠지요. 소중한 시 잘 읽고 갑니다.

😊 가을하늘

치첸이트사의 신비를 글로서 봅니다. 가보고 싶은 마음이 앞섭니다.
좋은 글 감사합니다.

🍀 자스민 서명옥

멕시코에 있는 치첸이트사이군요. 피라미드 이집트와는 다르지만 볼수록 신기하네요.
여러모로 문재학 시인님 덕분에 대리만족 잘하고 있답니다.

🐻 연지♡

치첸이트사의 신비를 보면서 설명도 잘 듣습니다. 7대 불가사의, 아! 멕시코에 있는 피라
미드(신전)이군요. 정말 여행 마니아의 진면목을 보는 것 같습니다.

🐠 雲泉/수영

멕시코 유카탄 반도에서 10~13세기에 번성하였던 마야 신제국의 도시.
전사의 신전, 피라미드형 신전, 천문대, 구기장 따위의 유적을 볼 수기 있어 신비로운 역
사를 알아보는 도시인 것 같습니다. 여행기 잘 보았습니다.

중국 내륙 깊숙이
해발 이천 미터 고원(高原)에
장장 오백 킬로에 펼쳐지는
방대한 무지갯빛 향연(饗宴) 칠색산

탐방로마다 능선 따라
거대한 인간 띠를 이루며
밀려든 인파는 전쟁터였다.

살아있는 억겁 세월의 전설
대자연의 예술. 신비로운 풍광에
쏟아지는 현란한 색상은
경탄의 메아리로 흐르고

파노라마로 수놓으며
일렁이는 무지갯빛 파도는
경이로운 자연의 숨결이었다.

감미로운 유혹에 흔들리는
형언할 수 없는 감동
만고에 빛날 짜릿한 전율이
긴 여운으로 남았다.

※ 세계 10대 불가사의 경관임.

🍃 **은빛**

수백 년의 세월 속에서도 잘 지켜온 칠색산 글을 보면서 감동입니다.

🐱 **연산홍금자**

문 선생님, 안녕하세요. 여행하신 기행문이 더욱 감동입니다.
상세한 느낌의 표현 멋집니다. 감사합니다.

🐼 **금나라**

안녕하세요. 칠색산 영상과 좋은 글 수고하신 좋은 작품 잘 보고 갑니다.
항상 건강하시고 복 많이 받으시고 행복하세요. 감사합니다.

🐝 **꿀벌**

시인님 덕분에 신비로운 칠색산 풍경을 보니 감탄이 절로 나옵니다.
감미롭게 엮으신 멋진 글에 다녀갑니다. 감사합니다.
깊어만 가는 가을 즐기시고 늘 행복하세요!

🐱 **연지**

여행 다니면서 이런 멋진 시를 쓰시고…. 사진도 굿! 멋지게 살아가시니 복 중의 복! 건강하시고 행복하세요.

🐸 **미량 국인석**

또 하나의 불가사의의 경관에 빠져봅니다. 어찌 한 편의 글로 다 표현할 수 있겠습니까마는 덕분에 멋진 감동에 안식합니다. 좋은 계절 이 가을에도 건승 건필하세요. 소산 선생님!

🐸 **민채**

산이 어떻게 무지갯빛이 될까요? 정말 신기합니다. 산이 무지개 빛깔로 파도치는 펼쳐져 있으면 장관이겠습니다. 아름다운 글 머물고 갑니다. 감사합니다.

카사블랑카의 추억

아프리카의 서북단(西北端)
모로코의 젖줄. 최대의 상업 도시 카사블랑카
아열대의 풍광 속에
대서양을 품에 안고 넘실거렸다.

모하메드 5세 중심 광장을 가로지르는
붉은 신형전차가 새벽을 나르고

바다 위에 떠 있는
장엄한 핫산 2세의 회교 성전의 대사원은
수많은 이들의 간절한 소망
삶에 밝은 빛을 뿌렸다.

아침노을에 붉게 타는 바다.
눈 부신 햇살 아래
이백 미터 미나레트 첨탑이 찬란하고

십만 수용의 대광장(大廣場) 위로
환상의 갈매기 군무(群舞)가
나그네의 눈길을 탄성으로 사로잡았다.

이국(異國)의 정취(情趣)가 물씬 풍기는
온통 새하얀 도시

십이월의 녹음이 싱그럽기만 한 카사블랑카
뇌리(腦裏)를 떠나지 않는 이색풍경이 새삼 그립다.

● 白雲/손경훈

카사블랑카의 풍경이 눈에 선하게 들어오는 고운 시심 고맙습니다.
고운 하루 되십시오.

✤ 문천/박태수

그 유명한 영화 「카사블랑카」가 세밀한 필치에 의해 되살아나는 듯합니다.
감사합니다. 늘 건안 향필하십시오.

🌹 운지♡안준희

카사블랑카 아름다운 정취의 사유. 귀한 문향 배독합니다.
시인님 행복한 주말 되세요

🍇 산월 최길준

카사블랑카의 추억…. 십만 수용의 대광장(大廣場)위로 환상의 갈매기 군무(群舞)가 나그네의 눈길을 탄성으로 사로잡았다. 멋진 여행시 감사합니다.

🐰 思岡안숙자

카사블랑카는 모로코의 제일의 휴양지라고 하던데 카사블랑카 '언덕 위의 하얀 집'이라는 제목의 유명한 노래도 있습니다.
무척 아름다운 곳으로 상상하면서 아름다운 글 머물고 갑니다.

🍎 요산들

대단한 글솜씨에 반하고 갑니다. 감사합니다.

🐰 정읍↑신사

상업도시 물류도시 카사블랑카 가보고 싶네요. 잘 읽고 갑니다. 좋은 밤 되십시오.

카파도키아 Cappadocia

억겁 세월의 풍우(風雨)에
화산 분진(粉塵)이 빚어낸
경이로운 풍광

기묘하고도 거대한 버섯바위 석림(石林)들
세계인들의 발길을
탄성으로 흔들었다.

천 수백 년 전
인류의 생존을 위한 지혜의 꽃이
곳곳에서
짙은 역사의 향기로
가슴을 물들이는 카파도키아

끝없는 호기심의 갈증은
지상에서는 사파리 투어로
하늘에서는 열기구 유람으로
뜨겁게 풀어 내렸다.

🐌 **산월 최길준**

카파도키아…. 끝없는 호기심의 갈증은 지상에서는 사파리 투어로, 하늘에서는 열기구 유람으로 뜨겁게 풀어 내렸다…. 멋진 여행시 감사합니다.

🌹 **꽃미**

카파도키아의 '벌룬투어'만큼은 꼭 해보고 싶어요. 카파도키아의 그대로 그려진 시 자랑스러워요.

🌹 **꽃방울**

터키 카파도키아 신기한 시 글을 감상합니다. 감사합니다.

🐠 **꿀벌**

카파도키아의 신비한 화산 분진의 바위 정말 신기합니다.
우리가 가보지 못하는 곳의 여러 여행지 신비스러운 풍경과 역사를 명시글로 표현해주셔서 감사합니다. 오늘도 기분 좋은 화요일 되세요.

😊 **翠松/朴圭海**

의미 깊은 고운 시심에 머물러 갑니다.

🍀 **문천/박태수**

기묘하고도 거대한 버섯바위들…. 아름다운 영상과 글 향에 쉬어갑니다.

🐱 **연산홍금자**

아름다운 자연 예술 기묘하고도 거대한 버섯바위 석림 아름다운 글에 머물고 갑니다. 감사합니다.

🍀 **비발디 사계**

열기구 타고서 하늘에서 보고 싶네요. 귀한 사진과 귀한 설명 늘 고맙고 감사한 마음 드립니다. 늘 강녕하시고 사랑과 행복함 가득한 4월 되세요. 소산님!

칸 쿤 CANCUN

카리브해의 떠 있는 보석 칸쿤
열대수(熱帶樹)의 풍광 그림자를 드리우고
가늘게 길게 삼십 킬로를 꿈틀거리며
삼백 칠십여 개의 호텔들이
화려한 자태를 뽐내는 휴양도시

한없이 맑고 푸른 파도의 비말(飛沫)이
억겁 세월로 씻어 온
눈부신 산호초의 백사장들
낭만이 출렁이는 황홀한 유혹이
세계인의 발길을 모으고 있었다.

밤이면 현란한 불빛 아래
삶의 풍요를 구가하는 군상들
열대의 땅을 달구며
흥청거리는 환락의 밤

가슴을 흔들어 놓는 기나긴 해안
살랑이는 해풍도 향기로운
환상적인 휴양지 명소
지상낙원의 별유천지였다.

※ 칸쿤은 멕시코에 있는 유명한 해양 휴양도시다.
모래는 밀가루 같은 산호초로 이루어져 있어 비릿한 바다 냄새가 거의 없었다.

😊 雲海 이성미

여행 다녀오신 것 같아요. 선생님 아름다운 해양도시 칸쿤의 고운 글 즐겁게 감상합니다.

😊 翠松 朴圭海

칸쿤의 아름다움을 잘 표현한 시 잘 감상하고 갑니다.

💬 예수님의 보배

샬롬! 글 몇 줄로 한 도시를 그려내시는 솜씨 놀라워요!

🌿 崔 喇叭

칸쿤이란 곳이 멕시코에 있군요. 좋은 글에 좋은 사진 잘 보았습니다. 감사합니다.

🎀 성을주

세계적인 낭만의 도시 직접 와서 본 느낌입니다. 싱그러움과 꽃향기로 채워질 사월의 첫 주가 시작되었네요…. 즐거운 일, 행복한 일 그리고 건강한 사월 되시길 빕니다.

🐱 연산홍금자

멕시코 유명 휴양도시 칸쿤 환상적인 지상낙원. 아름다운 글 머물고 갑니다.
감사합니다.

🐱 고정

멋진 휴양지를 배경으로 좋은 시 감사합니다.

콜로세움 Colosseum

로마시 중심에 있는
고대 로마 시대의 걸작품
번영의 상징물 콜로세움

거대한 위용을 자랑하는
장엄하고도
축조(築造)술에 빛나는 원형경기장

귀족들에게는 잔인한 유흥으로
검투사들에게는 사투(死鬪)의 장으로

비참(悲慘)한 생을 마감하며
연기처럼 사라진 원혼(冤魂)들
켜켜이 쌓인 슬픈 역사가
이천 년 세월로 흘렀어라.

세월의 무게에 허물어진
세계 7대 불가사의(不可思議)로 유명한
찬란한 문화유적은
무한한 상상의 나래
신비의 꽃을 피우고 있었다.

❀ 진달래

여행 전문가이신 것 같아요. 안 가본 곳이 없으시네요.
저희는 덩달아 다녀온 것 같습니다.

❀ 소당/김태은

Colosseum(콜로세움) 이탈리아어인데 전 가보지를 못해서 아는 것이 없어요. 귀한 걸작
품과 시어를 감상하고 갑니다. 많이 배우고…. 감사합니다.

♣ 나만의 공간

잔인하고 처참하고 그러한 것들을 즐기는 그런 문화는 없어져야겠지요….
과거의 장대한 슬픈 역사인지도 모르겠습니다. 미래에는 그런 것들은 없어야겠지요. 서
로 격려하고 배려하는 것들로 역사를 만들어 가면 좋을 것 같기도 합니다. 좋은 글 감사
합니다. 고맙습니다….

❀ 문천/박태수

고대 로마시대의 원형경기장, 콜로세움…. 향기로운 글과 함께 사진으로나마 보게 되어 행
복합니다. 늘 건안 향필하십시오.

☺ 雲海 이성미

이천 년의 세월이 흘러 오늘날까지 잘 보존되어 있는 콜로세움의 역사가 숨 쉬는 곳을
잘 알아갑니다. 고운 밤 되소서. 선생님 한 해 동안 고운 글 여행기 즐겁게 감상합니다.
늘 감사하고요 건필하세요.

☘ 꿀벌

로마의 '콜로세움'의 멋진 시 글 읽고 갑니다. 감사합니다. 볩롏쩬 마무리 잘하시고 몄볐쩬 새해
꼂 많이 받으세요!

♧ 미량 국인석

그 옛날 로마의 전성시대를 유추해 봅니다. 코로나로 인해 관광의 꿈도 못 꾸는 요즘을 생각
하면 여행기가 새삼스럽기까지 합니다. 하루 빨리 코로나가 종식되어 자유로운 일상
으로 돌아가기를 학수고대해봅니다. 여행기 즐겁게 감상해봅니다. 소산 선생님!

쿠바의 비극

아메리카의 유일한 이념이 다른 나라
일인 독재의 세월이 어언 육십 년
수도 하바나(Havana) 곳곳에 수백 년 전
찬란한 문화유적이 살아 숨 쉬고 있었다.

도로를 뒤덮는 울창한 숲은
말이 없고
시간이 멈춰버린 낡은 집들은
옛꿈에 젖게 했다.

한산하게 다니는 낡은 자동차는
매연과 굉음을 토해내고
신설된 넓은 도로는
뜨거운 태양의 열기뿐
무심한 바람만 휑하니 지나가네.

무상복지에 물들어져
빈국으로 몰락한 줄도 모르는 측은지심

그 언제 자유 시장 경제체제로 돌아와
사라진 희망의 열정에 불을 붙여
진정한 번영의 복지를 누리는
어둡고 답답한 긴 터널을 벗어날 수 있으랴.

◆ 60년 전 건물이 많은 쿠바 하바나의 구시가지

🍀 **진달래**

무상복지를 정치인들이 선거 때마다 들고 나오는데 쿠바 가서 보고 오라고 했음 좋겠어요.

🐤 **翠松 朴圭海**

쿠바의 모습을 잘 표현한 시 잘 감상하고 갑니다.

🐰 **思岡안숙자**

쿠바 섬은 카리브 해의 진주로 세계인들이 동경하는 곳. 그러나 아메리카 유일의 사회주의 국가. 사회주의의 몰락을 목격하면서도 왜 굳이 공산주의 정책을 고집하는 걸까요? 무상복지? 이름이 좋아 불로초라는 생각이 듭니다. 경쟁사회가 발전의 원동력임을 모르는 걸까요? 아름다운 글이 시사하는 뜻에 공감합니다.

🌸 **자스민 서명옥**

쿠바나 북한이나 사는 것이 똑같은 실상 독재주의가 빈국으로 남아 있을 줄은요.
아직도 그런 나라들이 있으니 대한민국 국민이란 게 자랑스럽습니다.

🌸 **매봉**

우리나라도 쿠바를 닮아 갑니다.

🌷 **Azalea**

우리나라 복지정책도 문제지만 국민 대다수가 무상복지에 물들어져 언제 거지꼴이 눈앞으로 다가오는지도 모르고 정부 돈 내놓으라고 아우성이니 보통 심각한 정도가 아닙니다.

🐤 **금나라**

안녕하세요. 쿠바의 비극 구소련의 등을 업고 1인 독재가 지금까지 이어오고 있으니 국민들 살림은 비극이겠지요. 좋은 글 올려주시어 잘 보고 갑니다. 감사합니다.

🌸 **문천/박태수**

어둡고 답답한 일인 독재의 육십 년…. 쿠바의 비극, 좋은 글 향에 쉬어갑니다.

쿠알라룸푸르의 쌍둥이 빌딩 Petronas Twin Towers

쿠알라룸푸르 최중심에
말레이시아의 상징물
거대하고도 미려한 쌍둥이 촛불 빌딩
불나비처럼 모여드는 관광객들

카메라 세례를 집중적으로 받는
한국의 빛나는 건축술
세계인들의 가슴을 물들이고
민족의 자긍심으로 타올랐다.

빌딩 숲에 둘러싸인
팔십팔 층에
사백오십여 미터 위용을 자랑하며
인간의 무한 가능성에 빛나는
이십 세기의 마천루

오늘 밤도
휘황찬란한 빛들의 향연이
숨 막히게 녹아내리며
불야성(不夜城)으로 달구고 있었다.

◆　낮에 찾은 쌍둥이 빌딩

🐝 꿀벌

찬탄이 절로 나옵니다.
한국의 건축 기술로 쿠알라룸푸르의 쌍둥이 빌딩을 설계하고 지었음을 한국인으로서 자부
심을 느낍니다. 시인님 덕분에 보기 드문 말레이시아의 상징물 촛불빌딩을 보게 되어 깊
이 감사드리며 멋진 시글에 다녀갑니다. 감사합니다. 항상 지금처럼 건강하시고 행복하세
요.

🐰 思岡안숙자

쌍둥이 촛불빌딩의 외형이 정말 특이하고 아름답습니다. 외국인들까지 찬사를 보내는 말레
이시아의 상징물인데 한국의 기술로 지었다니 자긍심이 생기네요. 아름다운 글과 영상 즐
겁게 머물고 갑니다. 수고해주셔서 감사합니다.

🐝 송목경

펜 끝이 헥틤하신 분. 모습도 좋으십니다. 전 그곳을 아직 못 가봤는데 한 마리 불나방이 되
고 싶습니다.

🌼 꽃망울

멋지군요. 님의 글도 너무 멋지네요.

✿ 佳詠/海雲김옥자

문재학 선생님. 멋지십니다. 감상 잘 하였습니다. 고맙습니다.

👧 수진 桃園 김선균

가슴 뿌듯한 마음으로 좋은 시 잘 감상했습니다.

😊 石友,박정재

시인님의 곱게 지핀 시향에 머물다 갑니다. 감사합니다.

크렘린 궁

붉은 철의 장막
보로 비 쓰기 언덕에
검은 공포의 상징물 크렘린 궁

무거운 철문을 들어서면
무명 병사들의 원혼을 기리는
영원의 불길이 타오르고 있었다.

깊고 깊은 긴 통로를 지나면
국보 1호 성당 등 황금빛 돔들의
화려한 빛이 유난히 눈 부시고

권력의 빛으로 남아 있는
비밀의 정원에
역사의 흔적은 핏빛으로 물들었다.

야포들이 늘어선 무기 창고 너머로
삼엄한 경비의 크렘린 궁 위
등줄기 싸늘한 소련기가 러시아기로 펄럭이고

꽁꽁 얼었던 동토의 땅이
세월의 바람을 타고
자유와 평화의 밝은 빛으로
서서히 녹아내리고 있었다.

✿ 문천/박태수

세월의 바람을 타고 서서히 녹아내리는 동토의 땅···. 아름다운 시향에 쉬어갑니다

✿ 소당/김태은

궁도 예사로 보지 않고 시로 글을 쓰다니···. 천부적인 재능을 타고 나셨어요.
긴 여행···. 멋지세요!

✿ 산월 최길준

크렘린 궁···. 멋진 여행시 감사합니다.

☺ 손 회장

살아 숨 쉬는 역사를 눈으로 마음으로 온몸으로 체험하고 오셨군요!
간결한 글 속에서 역사 탐방하는 간접 체험을 합니다···. 감사합니다.

🐻 青野/김영복

소산 선생님,
크렘린 궁이라는 곱게 내리신 깊은 시심에 마음 한 자락 내려놓습니다. 일교차가 큰 날씨
에 늘 건강 유의하시고 오늘도 웃음꽃이 활짝 피어나는 좋은 하루 되시기를 바랍니다.

☺ 雲海 이성미

꼭 한번 가보고 싶은 곳이기도 하지요 강대국이였던 모습이 그대로 살아있는 듯합니다. 선
생님 고운 글. 사진 감사합니다.

✿ 꽃비

소련기가 러시아기로 펄럭이는 눈으로 보는 크렘린 궁 아름답습니다.
많은 피를 흘린 역사가 있지요. 크램 도시에서 세계에서 유명한 '크램 샴페인' 유명하답니다.
요즘 세상은 세계 박람 인파로 붐비는 도시입니다.
고운 글과 사진 잘 감상했습니다. 고맙습니다.

타임 스퀘어 Time Square

뉴욕의 맨해튼(Manhattan) 중심에
세계 첨단을 달리는
광고의 명소(名所) 타임 스퀘어

넘실거리는
인파의 물결 속에
다양한 거리공연이
흥분의 도가니로
녹아내리고

고층 건물 벽면 가득히
늘씬한 몸매를 자랑하는
대형광고 모델 여인의 율동이
압도하는 현기증으로 흘러내렸다,

흥청거리는 인파들 위로
사방팔방 시시각각

현란하게 명멸(明滅)하는
살아있는 대형광고판들이
휘황찬란한 빛을
끊임없이 쏟아내고 있었다.

※ 코카콜라 1일 광고료가 우리나라 돈으로 7억 원이라니 놀랄 정도였다.

◆　15층이나 되어 보이는 건물의 광고 모델

✿ 문천/박태수

뉴욕의 맨해튼 중심에 첨단을 달리는 광고 명소. 타임 스퀘어. 아름다운 영상과 글 향에 쉬어갑니다.

😊 이쁘니

세계에서 가장 화려하고 중심이 되는 도시 맨하탄….
허드슨 강이 흐르고 박물관이 수없이 많고 흑인 거리는 무섭고 그곳에서 6개월을 병마와 싸우다 왔습니다. 그러나 도시계획이 잘되어 대중교통이 편리해 차가 없더라도 다닐 수 있는 맨하탄…. 자유에 여신상이 있는 곳에 가면 우리나라 동요…. 「나에 살던 고향」을 부르는 흑인 가수가 인상적이었습니다.

🐱 연산홍금자

광고 명소답게 화려한 거리 영상과 아름다운 글. 머물고 갑니다. 코로나 조심하세요.

🐝 꿀벌

타임 스퀘어 아름다운 풍경과 좋은 시어에 쉼하고 갑니다. 감사합니다.
추운 날씨에 건강관리 잘하시고 즐거운 날들 되세요.

🐰 思岡안숙자

광고의 명소가 따로 있군요. 글과 한 장의 영상만으로도 광고의 명소답다는 느낌이 오네요. 광고 모델의 과감한 스타일이 외국답네요. 아름다운 글과 영상 감상하고 갑니다.
늘 건강관리 잘 하시길 바랍니다.

🐰 胥浩이재선

휘황찬란한 타임 스퀘어의 거리가 이색적입니다. 아름다운 글 잘 보고 갑니다. 감사합니다.

🐰 미연

몸매 끝내주네요. 부럽습니다. 어쩜 시어도 이리 잘 쓰시는지 부러워요!

타지마할 Taj Mahal

삼백육십 년 세월에 녹아 있는
야무나(Yamuna) 강변의 장엄한 대서사시
보석의 무덤 타지마할

거슬릴 수 없는 운명. 생과 사의 이별 앞에
그리운 아내를 위한
애끊는 사랑의 피로 승화시킨
불가사의한 걸작품

지독한 사랑의 열병도
화려한 보석의 치장도
인생무상의 공허한 그림자는
덧없는 시간 속으로
하얗게 휘감아 돌고 있었다.

호화로움의 극치
영원한 경이로움의 안식처

오늘도
세계인들 호기심의 눈길이
뜨겁게 달아오르고 있었다.

♧ 崔 喇叭

인도의 타지마할이군요. 오래된 문화유산이지요. 좋은 시 잘 보았습니다. 소산님 감사합니다.

♩ 홍두라

타지마할을 한눈으로 보는 듯 잘 묘사한 글 감상합니다. 오늘은 초복 날 보신용 삼계탕 드시고 건강하세요.

🐰 胥浩이재선

가장 완벽한 인도 모슬렘 예술의 진주로 꼽히지만 타지마할의 부부의 애틋한 사연은 전설처럼 녹아 있군요. 아름다운 글 잘 보고 갑니다.

🐱 어시스트.안종원

360년의 세월이 고스란히 묻어있는 무덤 타지마할. 종교를 떠나 웅장함과 호화로움으로 다가오는 여행길에 담아주신 귀한 정경과 고운 글 감사히 배독합니다.

👖 눈보라

문재학 시인님 타지마할에 여행하셨군요.
시속에 그 뜻을 헤아려 봅니다. 정말 멋진 곳에 다녀오셨어요.

✿ 협원

아름다운 건축물 유서 깊은 고장 시글과 함께 즐겁게 감상합니다,

🐰 베라모드

예술은 길고 인생은 짧다. 걸작은 인고의 세월이 필요한가 봅니다. 잘 보고 갑니다.

탓 루앙사원 That Luang

중생의 염원이 하늘로 치솟는
거대한 신앙의 화신
천년고찰 황금빛 사원

더위를 안고 기우는 석양에
찬란히 쏟아지는 눈부신 황금빛은
탄성의 메아리로 녹아내렸다.

발길 돌리는 곳마다
불심이 묻어나는
화려한 보조사원과 요사(寮舍)채들

세월의 무게를 누르고 길게 누운
황금빛 와불(臥佛)의 미소는
세인들의 가슴에 번뇌를 걷어내고 있었다.

영원히 변치 않는
황금빛 신앙의 빛을 뿌리는
탓 루앙 사원

그곳은
숭고한 믿음의 전당(殿堂)이었다.

※ 탓 루앙 사원은 라오스 수도 비엔티안 시내에 있다.

🐝 꿀벌

황금빛 '탓 루앙 사원'에 화려한 건축과 와불 부처님께 절로 합장하게 됩니다.
가보기 힘든 곳을 멋진 글로 표현해주셔서 감사합니다.
계절의 여왕 5월에도 장미처럼 아름다운 날들 되세요.

📱 태공 엄행렬

그렇지요. 라오스도 불교를 숭상하는 국가이지요. 궁전도 그렇지만 와불 모습이 참으로 대
단합니다. 이렇게 고운 글과 함께 또 눈을 즐겁게 해 주셔서 감사합니다.
늘 고운 하루로 늘 평온, 건안 비옵니다.

🐰 肩浩이재선

눈부신 황금빛 사원과 와불이 라오스의 정서를 대변하는 것 같습니다.
아름다운 글 잘 보고 갑니다. 감사합니다.

어찌 그리 시를 잘 쓰시는지 정말 부러워요!

🌸 자스민 서명옥

중생의 염원이 하늘로 치솟는 거대한 신앙의 화신 천년고찰 황금빛 사원. 라오스 비엔티
안에 있는 수도 사원 화려하고 멋스럽습니다. 그곳에 가면 믿음이 더 생길 것 같아요.
문재학 시인님 늘 멋진 소식 감사드립니다.

👩 정미화

세월의 무게를 누르고 길게 누운 황금빛 와불(臥佛)의 미소는 세인들의 가슴에 번뇌를 걷
어내고 있었다. 영원히 변치 않는 황금빛 신앙의 빛을 뿌리는 탓 루앙 사원. 그곳은 숭고한 믿
음의 전당(殿堂)이었다. 소산님 멋진 글 사진 즐겁게 감상합니다.

🐚 문천/박태수

황금빛 와불의 미소 탓 루앙 사원. 아름다운 영상과 글 향에 쉬어갑니다.

태 산 泰山

오악(五岳) 중의 으뜸 명산
장엄한 태산(泰山)의 품속

흩날리는 물안개 사이로
비경(秘境)의 광채(光彩)에
터지는 탄성(歎聲)들

천가문(天街門) 지나
하늘길에 오르면

고대 제왕의 흔적마다
세월의 바람이 분다.
짙고 깊은
역사의 향기 바람이

영적(靈的)인 정기(精氣)가 서려 있는
옥황전(玉皇殿)에
가슴을 파고드는 염원의 불길은
두 손을 모으게 하고

시선 가는 곳마다
기암 절경의 풍광 위로
운해(雲海)의 서기(瑞氣)가
상서(祥瑞)롭기만 하다.

🌹 **묵향**

흩날리는 물안개 사이로 비경의 광채에 터지는 탄성들⋯. 아! 너무 멋진 글이세요.

⚙️ **제임스러브**

태산을 노래하는 시에서 태산의 웅장함과 아름다움이 가득하네요⋯.
잘 보고 갑니다⋯.

👻 **은비녀/김려원 侶沅**

태산 소산님 혼자 나들이 가셨나요? 고운 글 만끽합니다.

👻 **그린빛** 김영희

소산님! 중국 태산을 다녀오시고⋯. 여행길에 장엄한 시 한 수도 탄생시키네요.
좋은 날 되시고 건강하십시오.

🍀 **행복한 하루**

태산의 장엄함과 아름다움을 보는 듯합니다. 감사합니다. 언제나 고운 삶 행복하세요.

♣ **熊座백용현**

태산이 높다 하되, 문 시인님 좋은 곳 다 다니시니, 시심의 폭이 한층 넓어지겠습니다. 한
마디로 부럽습니다.

태재부 천만궁 太宰府 天滿宮

학문의 신사 태재부 천만궁
시인이자 철학자인
<u>스가와라노 미치자네</u>의 얼을 모시고
천년세월을 면학의 열기를 달구고 있었다.

뿔을 만지면 머리가 좋아진다는
속설에 살아있는 황소상은
오월의 햇살 아래
황금빛으로 반들거렸다.

경내에는 매화를 애호하는 일본인들의
육천 그루의 매화가 전설로 자라는데.
수백 년 거목들의 그림자가 드리운 연못 중앙을
과거. 현재. 미래를 상징하는
반원형 홍교 위로 얼마나 많은 이들이 찾았을까.

고풍스러운 본전 신사 뒤에는
천오백 년 수령의 녹나무가
이끼로 묻어나는 긴긴 세월을 두고
민초들의 간절한 소망을 굽어보고 있었다.

※ 태재부 천만궁은 일본 후쿠오카에 있는 학문의 신사로 해마다 700만 명이나 찾는다고
했다.

💬 **혜슬기**

태재부 천만궁 스가와라노 미치자네란 학문의 신을 모신 곳에서 여행을 하시면서 멋진 글을 주셨네요. 감사합니다.

🍀 **강나루**

일본여행을 하시면서 일본에 대한 공부를 하시면서 좋은 생각으로 좋은 글을 주셨습니다.

🍀 **雲泉/수영**

일본여행을 하게 되면 태재부 천만궁 일본 후쿠오카에 있는 학문의 신사!
꼭 한번 들리고 싶어요.

😊 **눈보라**

문재학 시인님!
태재부 천만궁 일본에 있나요? 여러 나라를 여행을 즐기시고 그에 따른 좋은 시조를 올려 주시는 문재학님 삶이 참 좋습니다. 늘 강건하십시오.

🌸 **자스민 서명옥**

일본에 있는 천만궁. 뿔을 만지면 머리가 좋아진다는 속설의 황소상. 꼭 한번 만져보고 싶습니다. 머리가 더 좋아지게요.
문재학 시인님은 두루두루 해외여행 잘 다니시네요. 부럽습니다.

🍀 **소당/김태은**

방방곡곡 여행하기란 비용도 건강도 모두가 여유로우시니 참으로 멋지게 살아가십니다.
여유당의 보물….

테너리 Tannerie

모로코 고대도시 패스(Fez)
일만여 개의 좁디좁은 골목길
미로(迷路)를 돌고 돌아 찾은
천 년 역사의 숨결이 살아 숨 쉬는
피혁 천연 염색처리장 테너리

멀리서 내려다보아도
강력한 민트 잎 향기도 무색게 하는
숨 막히는 악취의 진동이
소중한 문화유산의 빛을 뿌리고 있었다.

둥글둥글. 원통(圓筒)마다
알록달록 젖어있는 장인정신
비둘기 배설물 등 천연재료를 이용해
화려한 피혁(皮革)을 생산하는
인류의 지혜에 감탄 또 감탄이다.

세계 유일의 피혁 천연 염색처리장
아열대의 뜨거운 열기 속에
눈물겨운 삶의 고행들이
몸도 마음도 물들이고 있었다.

🐟 雲泉/수영

글을 읽다 보니 어느덧 크고 오래되었다는 슈아라 테너리 가죽을 씻고 염색하는 작업장에 와 있는 기분입니다. 글 감사합니다.

🐧 히야

"눈물겨운 삶의 고행들" 딱 맞은 표현입니다. 건강하기 힘든 일을 하고 있었네요….
피혁 특유의 고약한 냄새가 여기까지 나는 듯합니다.

🐰 思岡안숙자

아열대의 뜨거운 햇빛 아래서 악취가 진동하는데 저기서 종사하는 사람들 정말 힘들 것 같습니다. 그래도 세계 유일의 피혁 천연염색처리장이어서 유명한가 봅니다.
고운 글로 다시 생각하게 되는 테너리 머물고 갑니다.

😊 가을하늘

저도 다녀온 곳이라 감명 깊게 읽었습니다. 감사합니다.

🌸 崔 喇叭

피혁 천연 처리 염색장 테너리 잘 보았습니다.
테너리란 말이 찾아보니 많뷃높군요. 잘 보았습니다. 감사합니다.

🌷 미량 국인석

우리네 생활과 밀접한 가죽 제품을 염색하는 곳이군요?
글에서나마 힘든 과정을 느껴봅니다. 감사합니다. 소산 선생님!

⚙ 모닝듀

좋은 글과 사진 올려주셔서 감사합니다. 천연염색처리장 '테너리'. 감사히 잘 보았습니다.

😊 금나라

안녕하세요. 열악하고 무더위 속 가죽염색공장 수고하신 좋은 작품 잘 보고 갑니다.
항상 건강하시고 행복하세요. 감사합니다.

테이블 마운틴 Table Mountain

아프리카의 최남단 케이프타운의 명산
세계적인 풍광을 자랑하는
그 이름도 아름다운 테이블 마운틴

사방절벽의 암벽 산을
삼백육십도 회전하는 대형 케이블카로
운무(雲霧)를 뚫고 천팔십오 미터 정상에 오르면
동서 삼 킬로, 남북 십 킬로(축구장 12개)의
광활하고도 평평한 바위산이 반긴다.

비바람도 말라붙는 바위틈새마다
진기한 꽃과 작은 나무들
강인한 생명력이 신비로움으로 넘실댔다.

돌아보면
현기증을 일으키는 깎아지른 절벽 아래로
그림 같은 항구도시 케이프타운 전경과
앞바다 대서양의 작은 섬
만델라 유배지 로빈(Robben)섬이 말없이 다가서고

돌출된 라이온 헤드(Lion's Head)의 시그널 힐(Signal Hill) 왼쪽 희망봉으로 가는 캠스(Camps) 베이(Bay)를 감싸는 병풍 절벽은 두 눈을 황홀케 하는 자연 비경을 쏟아내고 있었다.

◆ 케이프타운 뒤 멀리 보이는 테이블 마운틴

💬 **혜슬기**

신비로운 테이블 마운틴 직접 가서 보지는 못하지만 시인님이 주신 사진과 글 너무 감사합니다.

🐝 **꿀벌**

보기 힘든 테이블 마운틴 풍경과 여행 다녀오신 후기의 멋진 글 감상 잘했습니다. 고맙습니다. 오늘도 화사한 꽃처럼 즐거운 날 되세요!

🐱 **연지**

여행기 쓰시랴 시 쓰시랴. 타고난 재능이 아니시면 이런 멋진 시심이 나오지 않을 것입니다. 파이팅입니다!

🐰 **미연**

소산 시인님 덕분에 편안한 여행을 하게 되어 감사합니다.
잘 모셔 제 블로그에 보관하렵니다.

🐰 **思岡안숙자**

축구장 12개 크기의 바위산이라니 엄청나군요.
360도 회전하는 케이블카로 돌면서 구경하는 것을 상상만 해도 즐겁습니다.
그 느낌을 생생하게 표현하신 아름다운 글 감상 잘 했습니다.

👩 **빈서재**

부럽습니다. 지구촌 곳곳을 둘러보시는 여유와 건강이….
댓글 없이도 님이 올리신 글 앞에서는 오래 머무르며 쉬어 갑니다.
건필하시기를….

💬 **수장**

여행을 많이 하시니 세계의 유명한 곳은 다 소개가 되어 저희들도 더불어 즐겁습니다.

통천대협곡 通天大峽谷

조물주의 걸작품이었다.
산서성의 거대한 태항산에
손을 내밀면 닿을 듯

장장 이십오 킬로의 좁고도 좁은
대협곡의 장관(壯觀)

한 장의 사진으로 담을 수 없는
까마득한 수직 절벽의 끝에는
손바닥만 한 하늘이 미소 짓고

전동(電動) 유람선이
푸른 물 위로 굽이굽이 돌아
소리 없이 미끄러지면

사방의 아찔한 절벽들이
현기증으로 쏟아졌다.

억겁 세월의 수마(水磨)가 빚어놓은
반들거리는 암반 웅덩이마다
옥수(玉水) 물의 교태(嬌態)들

필설로 표현 못 할 경이로운 풍광들이
온몸을 전율(戰慄)케 했다.

◀ 꿀벌

그 신비한 아름다운 풍경을 어찌 글로 다 표현할 수 있겠습니까.
생각만 해도 아찔한 현기증 날 정도의 협곡풍경 감히 상상해봅니다.
시인님의 멋진 글 읽고 갑니다. 감사합니다.
오늘도 장미꽃처럼 아름다운 날 되세요!

🐰 胥浩이재선

좋은 곳을 다녀오셨군요.
협곡의 아름다움을 잘 표현하신 글, 잘 보고 갑니다. 감사합니다.

♣ 나무꾼

지난 추억이 떠오르는 사진과 함께 지난 여정들이 가슴에 와 닿네요.
다시 봐도 주변 경관이 장관이네요.
「통천대협곡(通天大峽谷)」 좋은 작품에 즐겁게 감상하고 갑니다.

🐱 연지

보통 분이 아니세요. 시상이 이리도 멋지게 떠올라 쓰시니…. 존경해요.

파르테논 신전

인류 문명의 걸작품
파르테논 신전

아테네 시내 중심 바위산 아크로폴리스에
세계문화유산 일(1)호로 등록된
살아 숨 쉬는 대표 문양에
이천 년 역사의 향기가 감돌고

거룩한 아테네 여신의 전당(殿堂)에
화려한 빛을 뿌리는 야경은
황홀하기 그지없었다.

밀려드는 관광객들을 매료시키며
착시현상을 이루는 건축술(建築術) 등
장엄한 자태가
탄성의 두 손을 모으게 하고

기원전 고대 그리스인들의
조화의 극치를 이루는

미려한 도리스 양식의 진수(眞髓)가

아침 햇살에 찬란히 빛나는

아 무한한 인류의 신앙심이여!

🐝 꿀벌

파르테논 신전 걸작품을 감상하며 기행문의 시 글까지 감명 깊게 읽고 갑니다.
늘 여행 다녀오셔서 기행문을 시 글로 엮어 주셔서 감상 잘합니다. 고맙습니다.
새로운 한주에도 좋은 일만 가득하시기를 기원합니다.

😊 눈보라

세계 여행을 즐기시는 문재학 시인님. 그 여행지마다 그 풍경을 아름다운 글로 표현하시
니 감상문이 참 아름답습니다.

🐾 예화
여행체험 글을 읽으니 파르테논 신전에 와 있는 기분입니다. 함께 같이 즐기고 싶네요.

🐱 연산홍금자
그리스인들의 예술의 경지 이천 년 세월, 세계인들의 감탄사, 아테네 여신전. 지난 세월 옛 찬란한 문화를 말하는 듯 느껴집니다. 감사합니다.

🐾 성을주
언덕 위의 신들의 세계 7대 불가사의 그리스 아테네 아크로폴리스.
서양 문명의 뿌리 그리스 문명과 신화의 심장부 아테네 절대기를 감상합니다.

😊 翠松 朴圭海
귀한 곳 다녀오셔서 잘 표현한 시향에 머물러 갑니다.

😊 가을하늘
아테네 시내 중심 아크로폴리스에 파르테논 신전 다녀온 지도 몇 년이 되었네요.
시인님의 글에서 그때를 생각해봅니다. 감사합니다.

🐾 홍두라
신비한 파르테논 신전 글이 너무 인상적입니다. 글 너무 좋아 잘 보았습니다. 감사합니다.

페트라 Petra

거대한 인류 문명의 성지
조물주가 빚어놓은 현란한 걸작품
기기묘묘한 형형색색의 사암들이 펼치는
숨 막히는 절경들의 향연

좁디좁은 깎아지른 단애(斷崖)
깊고 깊은 미로 따라
황홀한 풍광들 속에

섬세하게 조각한
이천 년 전의 경이로운
찬란한 문화유적들을
억겁 세월에 새겨 놓았다.

광활한 지역에
다양한 역사의 숨결
보면 볼수록
불가사의한 눈부신 향기들이

감동의 물결로
탄성의 메아리로
흥분의 도가니에 쏟아내고 있었다.

※ 페트라는 요르단에 있는 세계 7대 불가사의 중의 하나이다.

🌸 **자스민 서명옥**

요르단에 있는 페트라 돌들도 이루어진 정경이 신기하고 멋스럽네요.
직접 보셨으니 얼마나 황홀하셨는지 알 것만 같습니다.
저도 가보지 못한 곳 문재학 시인님 덕분에 구경 잘했습니다.

👩 **최순자**

선생님 덕분에 또 한곳의 여행을 잘 다녀온 것 같습니다. 대단한 곳에 가셔서 그 경
이로움을 표현하시는 선생님 또한 대단하십니다. 직접가보고 싶네요.

🌸 **문천/박태수**

깎인 암벽에 섬세하게 조각한 이천 년 전의 문화유산.
페트라, 아름다운 영상과 글 향에 쉬어갑니다.

🐱 **어시스트. 안종원**

황홀한 풍광들 신기함뿐입니다. 어떻게 저렇게 조각을 했을까요.
참으로 흥분의 도가니입니다.

🐰 **胥浩이재선**

사암으로 이루어진 협곡들과 이천 년 전에 돌을 깎아 만든 신전들이 정말 경이롭습니다. 실
제로 보면 굉장할 것 같군요. 아름다운 영상과 글 잘 보고 갑니다. 감사합니다.

🐝 **성을주**

경이로운 감동의 글 잘 봅니다. 따뜻한 한 주간 보내세요.

폼페이 pompeii 비극

천혜의 풍광을 자랑하는 지중해 연안
은빛으로 수놓는 푸른 바다를 사이에 두고
右로는 낭만이 넘실대는 나폴리와 산타루치아 항구
左로는 해안절벽에 그림 같은 소렌토(sorrento)
그리고 카프리(capri)섬을 거느린 폼페이

천지분간(天地分揀)도 못하게 쏟아지는 뜨거운 잿빛 화산재
공포의 암흑. 소용돌이 속에
얼마나 몸부림을 쳤을까.
졸지(猝地)에 매몰된 자연재앙(自然災殃)
속수무책(束手無策)의 대참극(大慘劇)이었네.

심술을 부린 베수비오(vesuvio) 화산은 말이 없고
오(五) 미터 화산재로 생매장되어
눈물도 말라버린 이천 년 세월이 흘렀다.

어둠 속에 석고로 굳어버린
임산부(姙産婦)를 비롯한 수많은 원혼(冤魂)들
구천(九天)을 떠돈 지가 그 얼마이든가

돌로 포장된 골목길· 붉은 벽돌·
원형극장과 공중목욕탕 등
찬란한 삶의 터전과 함께
이제는
아득한 전설 같은 유적(遺跡)으로 남아
탐방객들의 가슴을 아리게 했다.

🌹 운지♡안준희

귀한 문향에 함께하며 폼페이 비극을 되새김합니다.오랜만에 귀한 글과 함께 반가움 전합니다.

🐰 思岡안숙자

인간의 능력으로 감당할 수 없는 누구를 탓할 수조차 없었던 대참사의 현장을 다녀오셨군요. 석고로 굳어버린 2천 년 전의 참사 실태를 옮겨주신 글을 보면서 아연해집니다. 우리나라도 화산으로부터 안전하지 않은 것 같아서 불안한 마음도 생깁니다. 시인님 덕분에 세계를 탐방하는 재미가 쏠쏠하네요. 감사해요.

🐱 옥창열

이탈리아 폼페이 유적 다녀오셨군요. 멋진 기행시 잘 읽었습니다.

🍀 소당/김태은

늦은 밤에 들어와 폼페이 비극 시어를 읽고… 사진을 보며 한참 쉬었다 갑니다. 고운 꿈꾸세요.

💬 수장

화산 속 잿더미로 변했던 곳에 아직도 말 없는 세월은 흐르지요.좋은 글 올려주심에 감사드립니다. 시인님

🐰 胥浩이재선

끔찍한 자연재해의 참상을 시를 통해서 느껴보는 것이 처음입니다. 많은 곳을 여행하시고 가는 곳마다 시를 남겨두셨으니 놀랍습니다.

👧 雲海 이성미

선생님 요즘 여행하시는 재미에 행복하실 것 같아요.풍광을 자랑하는 지중해 글만 보아도 멋진 곳으로 보입니다.잘 계시지요? 오래 못 뵈어서요. 늘 강건하시고 건필 하십시오.

피라미드 pyramid

뜨거운 열사(熱沙)의 땅에
문명의 꽃을 피운
사천육백 년 세월

영생을 염원하는 소망
일백사십육 미터. 이백육십 만개의
피땀으로 이룬 거대한 불멸의 석탑

보고도 믿기지 않는
살아있는
찬란한 역사의 흔적이
세인의 가슴을 흔들고 있었다.

뒤돌아보면
영생의 꿈은
아득한 하늘에 흩어지고

모두 다
부질없는 빛을 뿌리는
허망한 사막의 그림자였다.

🟢 수진 桃園 김선균

예로부터 영생을 위해 제왕들은 동서양을 막론하고 많은 노력을 했지만 욕심은 한 움큼의 생기 없는 세월만 붙들고 있습니다. 멋진 시 잘 감상했습니다.

🟢 雲海 이성미

사천육백 년의 세월 피라미드 문명의 꽃을 피운 그 세월이 대단합니다.
한번 가보고 싶어지지만 꿈만 같습니다.

🌸 아띠 이회원 바오로

지금도 죽지 않고 살겠다고 아우성인데 파라오의 꿈이야 어려했겠어요.

🍀 미랑 국인석

불가사의한 신비의 건축물이지요.그 먼 옛날에 사막의 땅에 그토록 정교한 기술로 세워졌다는 것이 믿기지 않습니다.
멋진 영상과 함께 즐겁게 감상해봅니다. 감사합니다. 소산 선생님.

🌹 꽃방울

사막의 파라미드. 과연 인간이 만든 것인지 신기합니다. 미소와 덕담으로 덕을 쌓아가는 행복한 날 되십시오.

🍀 문천/박태수

부질없는 영생의 꿈, 허망한 사막의 그림자⋯. 피라미드, 아름다운 글 향에 쉬어갑니다.

🐰 胥浩이재선

사천육백 년 전에 이루어 놓은 그들의 문명이 오늘날에도 신비하게 느껴질 위용을 가졌다는 게 신기할 따름입니다. 고운 글과 영상 잘 보고 갑니다. 감사합니다.

피요르드 FJORD

억겁의 세월. 빙하가 빚어놓은
수직 절벽의 험산(險山) 골마다
깊숙이 파고든 짙푸른 바닷물
고요의 숨결로 넘실거리고

능선마다 눈부신 만년설. 천상의 물이
암벽을 타고내리는 수많은 폭포들
새하얀 비말(飛沫)을 휘날리는 절경은
대자연을 신비로 물들었다.

골골마다 춤을 추며 흐르는 하얀 포말(泡沫)들
적송(赤松) 사이의 초록 융단으로 흘러들고
알록달록 그림 같은 전원주택들과
환상의 조화. 별천지를 이루었다.

수많은 터널을 지나고, 다리를 건너도
유람선을 타도, 도로를 돌고 돌아도
골짜기마다 가득한 물. 물의 천국

유리알 같은 수면 위로 투영(投影)된
주위의 풍광이 감동으로 젖어드는

가도 가도 끝없는 수백 킬로 피요르드
아련한 추억의 향기로 떠오른다.

👤 눈보라

문재학 시인님은 자연을 구경하여도 시적으로 표현해주시니 감성이 남다르십니다. 그래서 문인이 아니신가 합니다….

☼ 썬파워

능선마다 눈부신 만년설. 골골마다 흐르는 포말들…피요르드의 감동이 전해오는 듯 시향에서 비경을 느껴봅니다. 소산 시인님 감사합니다!

✿ 자스민/서명옥

피요르드 참 멋진 곳이군요.이곳에서 아련한 추억 더듬으시는 소산 시인님이 부럽습니다. 멋진 풍경과 고운 글 감동입니다. 늘 건강하시고 건필하세요.

🐰 思岡안숙자

수직 절벽으로 수많은 폭포가 흘러내리고 능선에는 하얀 눈이 덮였고 협만 사이사이 바닷물이 찰랑거리는 풍경을 생각만 해도 환상적입니다.고운 글로 아름다운 곳을 알게 되어서 감사합니다.즐겁게 머물고 갑니다.

✿ 문천/박태수

피요르드 깊은 계곡과 아름다운 영상과 글 향에 쉬어갑니다. 좋은 글 감사합니다.

👶 손 회장

대자연의 웅장함과 아기자기함이 피부로 느껴지는군요.어쩜 그리 멋진 여행을 하셨을꼬? 부러워유!

▣ 끔찍이

감동의 대자연 서사시이네요. 잘 보았습니다.

피지 FiJi 의 낭만

에메랄드빛 투명한 바다가
유혹하는 피지 섬

보석처럼 떠 있는 섬 사이로
우람한 체격의 토착민들
열정적인 춤과 노래가
낭만의 포말(泡沫)을 일으키는 피지 섬.

스콜이 쏟아지는
야자수 섬(島) 그늘 아래 바비큐 낭만도

'푸푸' 담소(談笑) 속에 피어나는
해수욕의 즐거움도

광대한 지역에 손에 잡힐 듯
형형색색의 산호(珊瑚) 수림 속을
현란(絢爛)한 색상을 자랑하는
신기한 열대어들의 유영(遊泳)에 넋을 잃고.

호기심의 눈을 황홀(恍惚)케 하는
다양한 열대 꽃들의 향연(饗宴) 등

순수 자연의 숨결이 가득한
지상의 파라다이스

모두가 추억의 빛으로 살아있는
피지의 낭만이다.

※ 피지: 남태평양 섬나라

2008 6 11

🍁　旺山 조재완 시인.수필가

좋은 글 감사합니다.

🍎　한빛

피지의 낭만이 잘 나타나 있습니다. 동창 내외분들이 돈독히 지내시는 모양입니다. 좋은 시 속에 담겨 있는 피지 섬의 아름다움 잘 느끼고 갑니다.

🌹　꽃삽 이월성

순수한 자연이 숨 쉬는 곳 수영을 해도 물이 몸에 와 친구 해준다.
고운 시향에 젖습니다. 꽃삽 어딨지?

🦋　허천/주응규

소산 시인님 멋진 모습과 좋은 시향 감사합니다.더운 날씨지만 여유를 녹여 시원한 여름 나십시오.

🌸　혜향 이희헌

좋은 곳에 다녀오셨네요. 좋은 시와 행복한 모습 보고 갑니다. 감사합니다.

😊　少井/金連花

시인님 뜻이 깊은 고운 글 앞에 머물다 갑니다. 감사합니다.늘 문운이 밝고 창대하시길 기원 드립니다.

하롱베이

설렘이 손짓하는
동남아 이국땅
하롱베이

파란 하늘이 맞닿는
수평선에 드리운
원시(原始)의 자태
바다 위의 선경(仙境)

섬 사이로 누비는
목선(木船)의 뱃머리 따라
기묘(奇妙)한 기암괴석(奇巖怪石)
황홀(恍惚)한 변화에
파도를 잠재우는
탄성(歎聲)이 인다.

돌아보면
시선(視線)이 가는 곳마다
살아 숨 쉬는 자연의 절경(絶景)
삼천여 점의 검은 보석들
잊을 수 없는 추억의 감동
정수리에 쏟아졌다.

해외 명소 풍경의 노래

미연

사진도 시도 멋져요.

思岡안숙자

강과 바다라는 차이는 있지만 하롱베이와 중국 계림이 느낌이 좀 비슷하지 않습니까? 하롱베이 풍경도 멋지지만 소산님의 모습도 멋집니다.
좋은 글 감사합니다.

소당

소산 방장님의 시상이 부럽습니다. 더 젊어지시고 볼에 살이… 하하!

🌺 여름이

저도 올 2월에 갔다 왔는데 영화 007 촬영장이었다고 하던데요.
그날이 생각납니다.

🍀 백초

살아 숨 쉬는 자연의 절경과 소산 시인님의 평온한 모습 좋습니다.

🌸 이클립스

하롱베이 다녀오시면서 너무 멋진 시 한 수 지으셨네요…. 몇 년 전 저도 하롱베이를 배 타고 가면서 저절로 시인의 마음이 되던데…. 그걸 글로 만드신 분이 존경스럽습니다….

🐱 태산

항상 정감이 가는 고운 감성의 글을 보다가 오랫동안 볼 수 없어 허전하였는데 드디어 감상을 합니다. 건강한 모습을 뵈니 다행입니다. 항상 건필하시고요, 고맙습니다.

💬 여운2

소산님처럼 시인이 될 사람은 따로 있나 봅니다.저는 시가 나올 정도로 좋은 곳에서도 적당한 시 구절이 생각 안 나는데….

황 산 黃山

억겁(億劫)의 풍우(風雨)가 빚어낸
신비(神秘)한 절경(絶景)
부드럽게 감도는
안개구름 사이로

기암절벽(奇巖絶壁)의
변화무쌍(變化無雙)한 자태
천상(天上)의 선경(仙境)인가.

와!
절로 터지는 탄성(歎聲)
천 길 수직(垂直)의 절벽에청송(靑松)의 메아리 되어
걸음마다 울리고

소원(所願)비는 비래석(飛來石)
산 능선의 정상에서
안개구름 걷어 올리는
풍광은

눈과 마음으로
담고 담아도
넘치는 황홀한 황산의 비경(秘境)
세상의 온갖 번뇌(煩惱)를
흔적 없이 씻어낸다.

미련의 끈을 놓지 못할
石. 松. 雲의 黃山

🍃 아쿠아

뎃멕에 동화되어 샐깊을 저만치서 본 듯하니…. 참으로 오묘하고 신비로운 느낌입니다. 감사합니다.

🐱 연산홍금자

황산의 신비 절경과 필자의 묘사 감탄사에 느껴지는 풍경 감사합니다.
여행 잘한 듯합니다.

🐰 胥浩이재선

신선이 노닐 것 같은 황산의 비경은 감탄할 만 했습니다. 글을 쓰는 사람이라면 시가 저절로 읊어질 것 같았지요. 아름다운 글 잘 보고 갑니다. 감사합니다.

🌸 소우주

황산! 황홀한 황산의 비경! 좋은 글 잘 보고 갑니다. 감사합니다.

🐱 태산

황산의 비경을 이렇게 멋지게 표현해주시니 안가도 본 것 같은 경이로움을 느낍니다. 무사히 다녀오심을 축하합니다.

🐻 연지♡

황산은 정말 돌과 소나무와 구름과 황산이라고 합니까? 정말 비경들이 놀랄만한 황산이죠.멋진 글에 잠시 쉬어갑니다.

🐰 思岡안숙자

진작에 황산을 가보고 싶었는데 이제는 영영 못 갈 것 같습니다. 무릎 관절 수술로 산행 같은 건 어렵거든요. 마침 황산을 아름답게 옮겨주셔서 상상의 나래를 펼쳐봅니다.

🐰 미연

황산에 다녀오신 흔적. 시, 돌, 소나무, 구름 아름다워요.

♣ 의제

황산의 비경이 눈에 아른거립니다.

희망봉

아프리카 최남단 끝자락
대서양과 인도양의
화합의 물결이 출렁이는
그 이름도 눈부신 희망봉

언제 한번 밟아보려나. 염원
지구를 반 바퀴 돌아
달콤한 현실이
감동의 파도를 일으켰다.

억겁의 세월을 두고
사나운 해풍이 빚어낸 기기묘묘한 바위들
아름다운 만물상(萬物相)을 이루고

옥색 바다의 푸른 파도는
새하얀 비말(飛沫)의 꽃을 피우면서
세월의 향기로 젖어 들었다.

망망대해의 지친 항해에

안도의 숨을 내뿜는 반가운 이정표(里程標)

영원을 두고

희망의 불꽃으로 타오르리라.

🌸 **정원**

멋지신 시인님 여행 다녀오셨군요. 희망봉 참으로 아름답군요.마치 제가 가본 것 같은 글에 감동입니다. 고맙습니다. 시인님 건필하시고요!

🐷 **연지♡**

멋진 여행을 글로 사진으로 보는 재미 쏠쏠합니다. 인증샷도 아주 멋지십니다. 초록빛 바닷물에 부딪치는 파도 철썩이는 소리가 귓가에 들리는 듯합니다.

🐻 **산길들길**

옛날 지리 시간에 배운 희망봉에 다녀오셨으니 축하드립니다.
모르긴 하지만 감개무량 하셨을 것 같습니다.

🌸 **꽃미**

멀리 아프리카 최남단 끝자락에서 보고 느낀 것을 좋은 시로 엮어주심에 감사드립니다.

🐸 **눈보라**

문재학 시인님! 아프리카 희망봉이 저 그림인가요? 세계 곳곳에 여행하시면서 자연을 벗삼아 훌륭한 시를 연출해주신 문재학 시인님 참 존경스럽습니다.

🏵 산월 최길준

희망봉. 옥색 바다의 푸른 파도는 새하얀 비말(飛沫)의 꽃을 피우면서 세월의 향기로 젖어들었다…. 아름다운 여행시 즐겁게 감상하고 갑니다.

👩 수진 桃園 김선균

이름 하나만으로도 뭇사람들의 마음을 설레게 하는 '희망봉'. 소산 선생님의 희망봉 예찬시, 잘 감상했습니다. 감사합니다.

🐰 思岡안숙자

희망봉이 별로 높게 보이진 않는군요. 아름다운 영상과 글 즐겁게 감상하였습니다. 수고해주셔서 감사합니다.

🐰 胥浩이재선

좋은 곳을 다녀오셨습니다. 아름다운 영상과 함께 멋진 글 잘 보고 갑니다.
감사합니다.

만리장성 萬里長城

북방 유목민 침략을 막기 위해
제왕(帝王)들의 욕망이 불러일으킨
육천삼백 킬로의 대서사시(大敍事詩)
만리장성

태산준령을 마다치 않고 벗어 나간
거대한 백룡(白龍)의 용트림 위로
수백 년 세월에 걸친 백성들의
피땀 어린 고혈이 녹아 있고

불가사의(不可思議)한 유적
보고도 믿기지 않은
장엄함에 할 말을 잃었다.

하룻밤을 자도
만리장성을 쌓는다는
설화가 깃든
살아서 귀가(歸家)할 수 없는 노동의 지옥

달에서 보인다는
영구 불멸의 대역사(大役事)의 흔적이
세인들의 가슴을 경탄(驚歎)으로 물들였다.

만리장성 다녀오신 좋은 명시 글 읽고 갑니다. 감사합니다
추워지는 날씨에 건강 관리 잘하시고
늘 지금처럼 행복하시길 기원 드립니다.~~

🐰 희정 熙停

중국의 만리장성 여행 다녀온 곳이지만 달밤 풍경을 보고 싶었지만 못 보고 온 곳이라 신
비함이 더 합니다. 아름다운 글 추천 드려요. 소산/문재학 시인님
萬福 받으시고 축복의 날들 되시길 기원합니다.

🐚 재희

소산 선생님 ~안녕하세요~
오늘도 추억의 영상과 좋은 시향 내려 주셔서 즐겁게 감상 합니다. 고맙습니다.~
따뜻하고 행복한, 알찬 오후 시간 되세요~

😊 최원경

만리장성이 6,300킬로나 되는군요. 축조하는데 많은 사람이 죽었겠습니다.
대역사니까요. 잘 보았습니다. 감사합니다.

✿ 뚜벅이 네

만리장성 여행 축하드립니다. 사진 글 너무 좋습니다. 소산 문재학님 감사합니다.

❀ 佳詠/海雲김옥자

만리장성 사진과 함께 감상 잘하였습니다.

☺ 가을하늘

만리장성 좋은 글 즐감합니다. 감사합니다. 오늘도 즐겁고 행복한 일만 가득하세요.

생각나눔 추천도서

은퇴자의 세계 일주 1
문재학 I 340쪽 I 18,000원

공무원 정년 퇴임 후 세계 각국을 여행하면서 아름다운 풍광
과 문화 유적지 등을 기록으로 남겨 독자들과 공유하고픈 열
망으로 열심히 기록으로 담아 왔다. 여행지마다 각국의 기본
참고사항(면적, 인구 등)은 물론이고 그 당시의 주위 풍광과
실정을 실제 여행을 하는 것처럼 자세하게 남겨 보았다.

은퇴자의 세계 일주 2
문재학 I 332쪽 I 18,000원

은퇴자의 세계 일주 3
문재학 I 334쪽 I 18,000원

은퇴자의 세계 일주 4
문재학 I 324쪽 I 18,000원

은퇴자의 세계 일주 5
문재학 I 340쪽 I 18,000원